JAMES STEPHENS

Maeves Fest

Reise ins Land
der Jugend

Übersetzt von
Frederik Hetmann

EUGEN DIEDERICHS VERLAG

Initialen gezeichnet von Roland Poferl
Die englische Originalausgabe erschien unter dem Titel
IN THE LAND OF YOUTH

CIP-Kurztitelaufnahme der Deutschen Bibliothek
Stephens, James: Maeves Fest: e. Reise ins Land der Jugend/
James Stephens. Übers. von Frederik Hetmann. – 1. Aufl. – Köln:
Diederichs. 1987. Einheitssacht.: In the land of youth <dt.>
ISBN 3-424-00914-8

Erste Auflage 1987

Umschlaggestaltung: Tilman Michalski, München
Satz: Fotosatz Harten, Köln
Druck und Bindung: May & Co., Darmstadt
ISBN 3-424-00914-8

ERSTER TEIL

DAS SAMHAIN-FEST

ERSTES KAPITEL

Man hatte beschlossen, daß die Abendmahlzeit auf dem Rasen vor dem Palast eingenommen werden sollte. Ein Zelt war unter Bäumen aufgestellt worden, und ein Feuer brannte davor. Fackeln hatte man an den Zweigen befestigt, und andere waren an Pfählen festgebunden, die man in das Erdreich eingerammt hatte; so gab es hinreichend Licht und in dem erhellten Kreis fühlte man sich wohl. Aber jenseits davon, dort, wo der Rauch in grauen Schwaden davontrieb, brütete bereits die Nacht, und von Minute zu Minute wurde die Dunkelheit immer dichter.

Keine Sterne waren zu sehen. Auch erkannte man nicht den Himmel. Es gab nichts, worauf das Auge hätte ruhen können. Selbst die eigene Hand, vors Gesicht gehalten, hätte man nicht erkannt. Allmählich kamen auch die letzten umherwandernden Paare aus der sinkenden Dämmerung in die Mitte des Rasens zurück; nach und nach wurde die ausgelassene Unterhaltung ernster, und die lauten Stimmen klangen gedämpft. Bald bewegte sich niemand mehr außerhalb des Lichtkreises, abgesehen von den Dienern, die Wasser aus der Quelle holten oder im Freien anderes zu tun hatten.

Aber selbst sie wagten sich nicht weit fort, denn dies war der Monat des Samhain, und dies war die Nacht des Jahres, in der ein jeder, wenn er nur den Willen und den Mut dazu hat, ins Land der Feen gehen kann.

Bald regten sich auch die Diener nicht mehr draußen. Es war jetzt genug Wasser da, um damit auszukommen, bis die Nacht herum war. Die Speicher, Schweineställe, die Schafpferche und die Hühnerhäuser hatte man zur Nacht zugesperrt; über all das hin, über Cruachan Ai und über jeden Weiler in Irland waren schützende Zaubersprüche gemurmelt worden, und man hatte Zauberkreise gegen die Meister der Magie gezogen.

Während man darauf wartete, daß das Fleisch aufgetischt wurde, lag Ailill in der Öffnung des Zeltes und starrte über das Feuer hinweg in die große Schwärze der Nacht. Maeve befand sich weiter hinten im Zelt und verteilte in Honig getauchte Nüsse unter drei lärmende königliche Kinder. Mit Fergus mac Roy tauschte sie Äpfel und Blicke, die für kein anderes Auge als für das seine bestimmt waren. Auch die anderen Leute hatten sich um das Zelt herum gelagert, sie schwatzten ziellos und warteten ungeduldig auf die Mahlzeit. »Das Essen wird bald fertig sein«, sagte Maeve. »Wir sind spät dran wegen der Spiele, aber jetzt dauert es nicht mehr lange.«

Dann erklärte sie einem ungeduldigen Recken, was gereicht werden würde:

»Es gibt gegrilltes und gekochtes Fleisch, mein Lieber. Der Fisch ist in Milch gekocht, und die Vögel sind gut gewürzt. Es gibt Pasteten aus Hackfleisch und süßes Brot. Dünne weiße Milch wird aufgetragen und dicke gelbe Milch. Man hat die Wahl zwischen Brühen mehrerer Fleischsorten. Wir werden Weine trinken, die aus fernen Ländern stammen ... und Met, den ich selbst zubereitet habe ... vom Honig meiner eigenen Bienenvölker, die sich unter den Blumen tummeln, welche in der Umgebung von Cruachan wachsen. Und hinterher gibt es noch Bier und rotbackige Äpfel. Es wird bald soweit sein, meine Lieben.«

ZWEITES KAPITEL

»Ich frage mich, ob sich wohl heute abend jemand in die Dunkelheit hinauswagen würde«, sagte Ailill, als er in das Dunkel starrte. »Es kommt mir so vor, als höre man bereits das scharfe Geräusch, das das Volk der Dana macht, das dort umherzieht, wo kein Licht ist.«

»Da ist etwas«, sagte einer der Gefährten.

»Was du hörst, ist der Wind, der sich in den trägen Zweigen regt«, sagte ein Dritter.

»War *das* eben der Wind?«

»Das war ein Frettchen.«

»Wirklich?« fragte Ailill. »Wenn du hinüber zu dem Hügel gehst, wo die Gesetzlosen gestern gehängt worden sind, und einem der Toten eine Weidenrute als Schlinge um den Fuß legst, bekommst du von mir ein Geschenk.«

»Das tu ich.«

Aber in zwei Minuten war der Mann zurück. Er sagte, er habe etwas sich regen gehört und ihm sei die Lust vergangen.

»Ich dachte mir schon, daß du zurückkommen würdest, mein Augapfel«, meinte Ailill.

Noch zwei weitere wagten sich vor und kehrten verängstigt zurück.

»Die Nacht ist dunkel und Dämonen schleichen umher«, sagte Maeve, »kein Mensch traut sich in der Samhain-Nacht hinaus, selbst dann nicht, wenn eine Belohnung ausgesetzt ist.«

Da trat Nera vor.

»Wie sieht die Belohnung aus, Majestät?«

»Dieses Schwert mit goldenem Knauf«, erwiderte der König und sah ihn spöttisch an.

»Ich werde gehen.«

»Meine Liebe geht mit dir«, sagte der König, »aber«, fügte er hinzu, als Nera aus dem Zelt trat, »ich erwarte dich auf der Stelle zurück, mein liebes Herz.«
»Dann ist die Belohnung mein!« rief Nera.

Er ging zwischen den flackernden Fackeln hin, und die Gesellschaft beobachtete ihn. Er erreichte den Rand des Rasenstücks. Dort begann das Licht zu verblassen, und während er ging, achtete er genau darauf, wieviel Licht noch um ihn war.
Hier war das Licht golden, dort wurde es grau, nur einen Schritt weiter schien es blau oder purpurn, abermals zwei Schritte und es hatte überhaupt keine Farbe mehr. Nun begann die Schwärze, das Undurchschaubare.
Es wäre falsch, zu behaupten, der junge Mann habe sich nicht gefürchtet. In einer solchen Nacht und bei einem solchen Unternehmen hätte jeder Angst bekommen, aber auch versucht, sie zu unterdrücken. Er hatte sich nun einmal entschlossen, und er wußte, selbst wenn er nicht weitergehen konnte, würde er nicht umkehren; also richtete er seine Gedanken unbeweglich auf den Hügel vor sich und auf die sich hin und her bewegenden Gestalten, denen er dort begegnen mußte.
Ein Mensch, dessen Bewußtsein so zielgerichtet ist, denkt an nichts anderes. Auf eine besondere und merkwürdige Art und Weise hat er aufgehört, völlig sein eigener Herr zu sein, denn wenn das Bewußtsein auf eine einzige Sache konzentriert ist und er sich nur mit ihr beschäftigt, wird er für alles andere blind und unterliegt Einflüssen, die von jenseits dessen herrühren, was ihm bewußt ist.
Nera sah sich um. Das Zelt mit den Gestalten, die sich in dessen Umgebung ohne Eile bewegten, erschien ihm merkwürdig entrückt. Es war, als schaue er aus einer anderen Welt zurück in die unsrige.

Dann ging er mit langen starken Schritten weiter auf den Hügel zu. Doch er behielt sein Schwert in der Hand und seinen Schild am Arm.

DRITTES KAPITEL

Er kannte den Weg zum Hügel. Tatsächlich war er am vorangegangenen Tag, als man die Übeltäter aufgeknüpft hatte, dort gewesen, und er erinnerte sich, daß sie ein bösartiges Paar gewesen waren.

Der eine von ihnen hatte gesagt: »Es geschieht nicht oft, daß so beachtliche Bösewichte ein solches Ende nehmen und selbstverständlich hat jeder das Recht, Wundern zuzuschauen.« Dann hatte er geklagt: »Es sind nicht genügend Frauen zur Stelle.«

Der andere Geächtete beschwerte sich darüber, was man ihm angetan hatte, und machte Bemerkungen über das Aussehen und die Qualitäten seiner Wache. Als man ihm das Seil um den Hals legte, gähnte er so heftig, daß es sich verschob und wieder zurechtgerückt werden mußte.

»Behalt dein Gähnen für dich«, sagte der Hauptmann der Wache, »und laß bitte meine Männer ihre Pflicht tun.«

»Ich bin schläfrig«, erklärte der Gesetzlose.

»Selbst wenn das so ist«, sagte der Hauptmann der Wache, »mußt du nicht meine Männer behindern.«

»In Gesellschaft soll man höflich sein«, sagte der Bursche, »also werde ich mein Bestes tun, um nicht mehr zu gähnen, bis ihr mit mir fertig seid.«

Er tat sein Bestes.

Der andere Schurke klagte, er sei durstig geworden, als er die ganze Zeit habe herumstehen müssen.

»Hier gibt es nichts zu trinken«, erwiderte der Hauptmann.
»Das macht nichts«, antwortete der Schurke. »Es fiel mir nur gerade ein, und deswegen erwähnte ich es.«
Nera erinnerte sich an diese Männer, und er erinnerte sich besonders genau an das Gesicht des durstigen Mannes – ein langes keilförmiges Gesicht mit einer großen Nase und einem dichten, sich kräuselnden Bart unter dem Kinn. Im letzten Augenblick seines Lebens schien er noch angestrengt nachzudenken und hatte unzufrieden dreingeschaut. Um das, was geschah, kümmerte er sich offensichtlich nicht, sondern hing seinen Gedanken nach.
Als er nun voranschritt, tauchte das Gesicht des Mannes so plötzlich vor ihm auf, daß er fast versucht war, mit dem Schwert danach zu schlagen; aber er erkannte im gleichen Augenblick, daß ihm seine Einbildungskraft einen Streich spielte. Er verbannte aus ihr das Phantom und ging weiter. Obwohl er den Weg gut kannte, war es dennoch bei dieser Dunkelheit nicht so einfach, ihm zu folgen, und er blieb mehrere Male stehen, um sich nach dem Verlauf des Pfades umzusehen und sich über die Richtung klar zu werden, in der er weitergehen mußte. Er hatte nicht weit zu gehen. Knappe fünf Minuten Wegstrecke lagen zwischen dem Rasen des königlichen Cruachan und der Stelle, zu der er wollte. Sofern er sich nur im großen und ganzen in der richtigen Himmelsrichtung bewegte, konnte er den Hügel nicht verfehlen. Er lief durch ein Gebüsch, wo ihm Zweige um die Ohren pfiffen; er kam auf Torfland heraus. Der Boden senkte sich unter ihm und hob sich danach wieder mit einem quietschenden Geräusch; dann stieg das Gelände an, und er wußte, daß der Hügel begonnen hatte. Er hielt das Schwert jetzt vor sich, während er aufwärtsstieg, nicht etwa um Geister abzuwehren, sondern nur, um es zu spüren, wenn sich ihm ein Baum in den Weg stellen sollte oder ein Felsen.

Es gab nicht viele Bäume, aber gewaltiges gewachsenes Felsgestein, zurechtgeschliffen zu Kanten und runden Erhebungen, wie man sich's nie hätte ausdenken können. Wenn ein Mann darüber gestolpert wäre, so hätte er sich bestimmt den Schädel gebrochen oder sein Schienbein hätte einen Knacks abbekommen, der noch einen Monat später zu spüren gewesen wäre.

VIERTES KAPITEL

Er erreichte die Anhöhe und stellte fest, daß er, obwohl er doch aufgepaßt hatte, dennoch um einiges vom direkten Weg abgewichen war. Er befand sich jetzt etwa zehn Meter östlich der Stelle, zu der er hin wollte.

Hier oben war es nicht so dunkel wie weiter abwärts unter den Bäumen und zwischen den Felsen. Vielleicht lag es aber auch daran, daß er sich auf einer Anhöhe befand und der Versuchung erlag, aufzublicken um ein paar von jenen Lichtstrahlen aufzufangen, die von oben herabfallen mochten. Unterwegs hatte er immer zu Boden geschaut und dennoch seine Füße nicht gesehen.

Nun kam noch hinzu, daß zu der tieferen Schwärze, die von unten aufstieg, sich Dunkelheit aus der Atmosphäre herabsenkte. Es mochte sein, daß sich inzwischen seine Augen mehr an das Dunkel gewöhnt hatten und, obwohl er auch nicht besser sah, er so manches einfach erriet, denn er begann zu unterscheiden zwischen den verschiedenen Schattierungen von Dunkelheit um sich her, und nahm Abstufungen in der Abenddämmerung bewußt war.

Hier, ein Schwarz wie von Ebenholz – das war ein Fels.

Dort eine hingekritzelte, unvollkommene Dunkelheit – das war ein Busch.
Jenseits davon sah es nicht eigentlich schwarz aus, sondern nur düster, und das war der Raum.
Unter ihm lag ein samtenes Glimmen – das war der Boden; über ihm eine Dunkelheit, nicht zu beschreiben, man weiß nur: da ist etwas, das sich bewegt – der Himmel.
Er bog etwas nach rechts ab und suchte nach dem einzigen Baum, der auf dem Hügel wuchs, und nach vorsichtiger Erkundung fand er ihn, blieb stehen und horchte auf das langsame Knarren, das ihm verriet: hier stand tatsächlich der Baum.
Während er voranging, berührte ein Fuß sanft seinen Mund. Er sprang zurück, riß das Schwert hoch, starrte blind und horchte mit jeder Faser seines Körpers.
Dann schmunzelte er über sich selbst, stieß das Schwert in die Scheide, streckte resolut die Hand aus und griff nach dem Fuß.

FÜNFTES KAPITEL

Er zog den biegsamen Weidenzweig, den er sich zurechtgeschnitten hatte, aus dem Gürtel und begann ihn an dem Fuß festzumachen. Aber das Ding war zu elastisch, und jedesmal, wenn er schon meinte, er habe es geschafft, sprang die Schlinge wieder auf.
Von oben aus der Dunkelheit über seinem Kopf kam ein heiseres blubberndes Geflüster, ein rostiges Stottern, das ihm das Herz fast aus der Brust springen ließ und die Seele aus seinem Körper.
»So kommt das nie hin«, sagte die Stimme. »Du mußt die

Schlinge mit einem Holz verschließen, du Ehrenmann, oder deine Spange benutzen, wenn du kein Holz hast.«

Beinahe hätte Nera den Fuß losgelassen. Eine wildwütige Entschlossenheit überkam ihn, und er biß sich mit den Oberzähnen auf die Unterlippe, bis sie fast aufsprang.

»Na schön«, sagte er gegen die Stimme hin, »dann nehme ich eben meine Spange.« Das tat er, und der Weidenzweig hielt. »Bist du denn nicht tot?« fragte er den Mann dort oben.

»Nein, ganz und gar nicht«, erwiderte der Mann.

»Aber wie kommt es denn, daß du noch lebst?«

»Das kam so«, erklärte diese knarrende und rostige Stimme, »ich war sehr durstig als sie mich hängten und seither bin ich einfach viel zu durstig gewesen, um zu sterben.«

»Erstaunlich«, sagte Nera. »Na«, fuhr er dann fort, »jetzt spute ich mich wohl besser, schließlich bekomme ich eine Belohnung für das, was ich heut abend hier mit deinem Fuß gemacht habe.«

»Das war gute mannhafte Arbeit«, sagte die Stimme.

»Das war es«, stimmte Nera zu, »wenn man in Betracht zieht, was für eine Aufgabe das war und was für eine Nacht wir heute haben.«

»Aber«, sagte die Stimme von oben, »jetzt beweise mir, daß du wirklich ein mutiger Mann bist.«

»Womit könnte ich das beweisen?« fragte Nera.

»Nimm mich vom Baum herab und trag mich zu einem Ort, an dem ich etwas zu trinken bekomme.«

»Man hat dich zum Tod am Galgen verurteilt«, erwiderte Nera, »und du mußt hängen.«

»Das ist schon recht«, antwortete die Stimme, »ich will mich dem Jüngsten Gericht nicht entziehen. Du könntest mich, nachdem ich etwas zu trinken bekommen habe, ja wieder herbringen und mich aufhängen.«

»Die Arbeit gefällt mir nicht«, wandte Nera ein.

»Mir würde sie auch nicht gefallen«, sagte die Stimme, »aber das wäre wahre Nächstenliebe. Und mutig wäre es auch.«
»Das ist richtig«, sagte Nera, »und ich werde tun, worum du mich gebeten hast. Denn«, fuhr er fort, »noch nie ist ein Mensch auf dieser Welt zuvor um dergleichen gebeten worden, und es gibt keinen Mann auf dieser Welt außer mir, der so etwas tun würde.«
Dann begann Nera den Baum hinaufzuklettern.

SECHSTES KAPITEL

Bist du das, ehrliche Haut?« fragte Nera, als er sich an dem Knoten zu schaffen machte.
»Nicht doch«, antwortete die Stimme. »Das ist mein Kamerad, und er ist schon einen Tag und einen halben tot.«
»Dann bist du also der hier«, sagte Nera.
»Jetzt stimmt die Richtung«, antwortete die Stimme.
»Ich fürchte«, sagte Nera, während er den Mann abknüpfte, »ich werde dich fallen lassen müssen. Du bist einfach zu schwer. Mit nur einer Hand kann ich dich nicht halten.«
»Mach dir deswegen keine Sorgen«, sagte die Stimme, »ich kann alles überstehen ... außer Durst.«
Nera ließ ihn fallen, und er hörte den Körper schwer aufschlagen.
»Du wirst mich auf deinem Rücken tragen müssen«, sagte der Mann, »wenn ich auch noch nicht so tot bin, um schon begraben zu werden, bin ich doch schon zu tot, um noch zu laufen.«
»Da ich nun einmal damit angefangen habe«, sagte Nera, »will ich alles tun, was in dieser Sache getan werden muß.«

Er lud sich also den Mann auf den Rücken und brach auf, nach einem Haus Ausschau haltend, wo sich etwas zu trinken finden ließe.
»Wie ist es eigentlich so, gehängt zu werden?« fragte er dahintrottend.
»Nicht halb so schlimm wie sie immer sagen«, antwortete der Mann, »aber ich bin schrecklich durstig, und ich kann einfach an nichts anderes denken.«
Sie kamen an ein Haus, und Nera klopfte an die Tür. Eine Frau öffnete ihnen, und der Besucher mit dem Mann auf dem Rücken spazierte hinein. Die Frau warf einen Blick auf Nera und einen zweiten auf den in die Länge gezogenen Hals und das verdrehte Bündel Lumpen, das sich um Neras Schultern wand. Dann schrie sie auf und rannte aus dem Haus.
Ein Mann kam ihnen entgegen. Er machte ein Gesicht, als suche er Streit.
»Wo soll's denn hingehen, meine Herren?« fragte er. Dann fiel sein Blick auf das ausdruckslose Auge, das neben Neras Ohr auf ihn hinsah.
»Teufel!« wetterte er und war mit einem entschlossenen Sprung durch die Tür.
Drei Kinder verkrochen sich hastig unter einem Bett in der Ecke, und nie kam von ihnen danach auch nur ein Laut. Eine alte Frau, die am Feuer saß, mit einem Hammelknochen in ihrer Faust, starrte mit offenem Mund und offenen Augen auf die Besucher. Ein langes monotones Zischen rollte von ihrer Zungenspitze, etwa so wie Wasser, das über eine Bodenschwelle stürzt.
Drei Eimer standen an der Wand. Nera lehnte seinen Mann gegen die Tür und hielt einen der Eimer ihm an die Lippen.
Der Mann trank den ganzen Eimer leer. Dann trank er auch noch die beiden anderen Eimer aus.

»Du hast keinen schlechten Zug«, sagte Nera, »aber wenn du damit nicht genug hast, wirst du nie genug bekommen. Vorwärts, zurück zu deiner Qual, mein armer Schelm!«
Er hob den Bösewicht hoch, nahm ihn wieder auf den Rükken, verließ mit ihm das Haus und ging zum Hügel zurück. Als er ihn wieder aufhängte, fragte er ihn: „Fühlst du dich jetzt besser, mein Guter?«
»Ich fühle mich großartig«, sagte der Gerichtete. »In 'ner Minute bin ich hinüber.«
Nera verließ ihn, wie er da leicht und locker hin und her schwang, und schlug den Weg zurück nach Cruachan of the Dun Ramparts ein, denn er war begierig, seine Belohnung in Empfang zu nehmen.

SIEBENTES KAPITEL

Ich bin eine ganze Weile fort gewesen, überlegte Nera, niemand wird sagen können, ich hätte Angst gehabt, denn sonst wäre ich nicht in der Samhain-Nacht so lange hier draußen geblieben.
Er dachte daran, daß es eine feine Sache sei, ein Schwert mit einem goldenen Knauf zu besitzen, und er fragte sich, ob wohl die Klinge auch genau so gut sein mochte wie die seiner eigenen Waffe, schließlich kommt es bei einem Schwert nicht so sehr auf den Knauf an. Während er noch darüber nachdachte, gelangte er nach einiger Zeit nach Cruachan und an den Saum des Rasens. Unmittelbar am Rand des Lichtkreises blieb er stehen. Vom Rasen her schien jetzt viel mehr Licht herüberherzudringen als zu dem Zeitpunkt, da er fortgegangen war. Nicht nur, daß ein Feuer vor dem Zelt brannte, das Zelt

selbst stand in Flammen; und dahinter, an dem gewaltigen schwarzen Ungetüm, als das sich das Palastgebäude darbot, sprangen Flammen aus jedem Fenster. Die hundert verschiedenen Teile des Daches spien alle Feuer aus.
Mit dem wütenden Zischen der Flammen ging ein verwirrender Lärm anderer Geräusche einher. Gellendes Hohngeschrei, Brüllen der Verzweiflung, Sturzbäche von Verwünschungen und das traurige Stöhnen verwundeter Männer.
Ein Mann kam aus der Folter von Lärm und Flammen hervorgestürzt. Er rannte an Nera mit verzweifelt dreinblikkenden Augen vorbei, in seiner Hand nichts als das zersplitterte Handstück eines Speeres.
Nera machte sich unter Erschrecken klar, daß der Mann ihn angesehen hatte, ohne ihn jedoch zu erkennen. In ein paar Minuten flohen drei oder vier andere in die Richtung, aus der er gekommen war. Sie stürzten pfeilschnell vorbei und taten weder durch einen Zuruf noch durch einen Blick kund, daß er vorhanden war.
Als ein weiterer Mann angerannt kam, stellte sich ihm Nera in den Weg, und zu seinem Erstaunen und Schrecken lief der Mann durch ihn hindurch.
Nun wußte Nera, daß er weder innerhalb noch außerhalb der Welt war. Er war zwischen den Welten. Er befand sich im Feenland.

Er rannte auf den Lichtkreis um das Zelt zu. Vor dem Zelt sah er den Körper von Ailill auf dem Rücken ausgestreckt, den einen Arm über das Gesicht, den anderen am Boden. Seine Hand umspannte noch das zerbrochene Schwert. Im Zelt kauerte Maeve, den Kopf zwischen ihre Knie gepreßt. Ein schwarzer Teich bildete sich langsam um sie herum. Fergus lag nur einen Schritt weiter hingestreckt, und die anderen Leichen, riefen, so wie sie dalagen, den Eindruck von Untergang und Schande hervor. Überall stieß er auf Soldaten mit roten Waffen und brüllenden Mäulern. Er rannte in einen hinein und dieser Mann schien wie ein solider Fels.

»Nur immer angepackt, Kamerad, nur immer angepackt!« rief der Mann mit mächtigem Lachen.

Nera dachte bei sich: dieser Mann gehört zu den Feen, er hält mich für einen aus seinem Heer. – Und o Jammer, dachte er, all meine Freunde sind tot oder auf die einsamen Hügel in diese elend bittere Dunkelheit geflohen, und ich bin zu den Feen versetzt.

Aber das furchtbare Werk war beendet und die siegreichen Feentruppen begannen sich schon wieder in Kompanien und Regimentern aufzustellen, um ins Feenland im verwunschenen Hügel von Cruachan zurückzumarschieren.

ACHTES KAPITEL

Nera empfand eigentlich nicht den Wunsch, sich ihnen anzuschließen, aber was sollte er sonst machen? Er kam sich weit verlorener vor als ein Hund, der sich verlaufen hat. Nicht nur, daß er seine Kameraden verloren hatte; seine Welt und seine ihm zur lieben Gewohnheit gewordenen Kontakte waren ausgelöscht. Er fühlte sich verstört und verstoßen und war viel ärger dran als ein Hund, der sich verlaufen hat. Mit dem Sterben seines Volkes und seiner Welt schien auch sein Identitätssinn abgestorben oder verloschen. Hätte ihn jemand danach gefragt, es wäre für ihn schwierig geworden zu sagen, wer er war. Wenn jemand ins Meer stürzte und würde dort von den Fischen gefragt – welchen Sinn hätte es gehabt, ihnen

zu antworten, man sei ein Mensch mit einem Namen, einer bestimmten Herkunft, mit Erinnerungen an bestimmte Ereignisse und Gefühle? Was sollen Fische damit anfangen?
Es schien ihm besser, mit in die Feenfestung hineinzumarschieren als dort zu bleiben, wo er jetzt war ... auf eine Feenwildnis hinzustarren und in ihr umherzuirren.
Das Schweigen und die Einsamkeit bei den Menschen kannte er. Aber wie würden Feeneinsamkeit und Feenschweigen sein? Wie würde er sich in der Dunkelheit des Feenlandes fühlen, und was würde ihm zustoßen in der unbekannten Unheimlichkeit des Landes der Toten?
Er setzte sich deshalb ans Ende der Kolonne, und als sich eine Tür öffnete, die in den Hügel eingelassen war, folgte er einfach den Männern vor ihm und paßte sich ihrer militärischen Gangart an. Sobald sie den Hügel betraten, rief ein jeder von ihnen fröhlich aus: »Ein Mann hier auf dem Durchzug!«
Und die Stimme eines Wachtpostens drinnen antwortete: »Um so schwerer ist der Durchzug!«
Als die Reihe an ihn kam, rief auch Nera: »Ein Mann hier auf dem Durchzug!« Und er erhielt dieselbe Antwort wie die anderen auch.

NEUNTES KAPITEL

Offensichtlich zogen sie in den Hügel hinein, aber sobald sie eingetreten waren, wurde der Hügel zu durchsichtiger Luft. Er hörte auf, ein Hügel zu sein. Man hatte nicht das Gefühl, sich unter der Erde zu befinden.

Als Nera sich umsah, stieß er auf Zustände und Phänomene, die ihm aus der Welt, die er verlassen hatte, vertraut waren.

Hier war Weite und es gab Bäume, Wasser plätscherte in einem trägen Bach, dessen Geräusche vielleicht nur deswegen so träge wirkten, weil es Nachtzeit war; und wenn Nera aufblickte, erkannte er in der Dunkelheit das schwache ferne Glitzern der Sterne und nahm am Himmel ein silbernes Strahlen wahr, das von einem verhangenen Mond herrühren mochte oder schon das erste Anzeichen für die Morgendämmerung war.

Er hatte völlig jeden Sinn für Zeit verloren und hätte nicht sagen können, ob eine oder sechs Stunden vergangen waren, seit er zu seinem Abenteuer vom Rasen von Cruachan aufgebrochen war.

Die Kompanie, in die er sich eingereiht hatte, marschierte einen Hohlweg entlang, über den sich Bäume breiteten. Der Weg hatte etwas von einer zusammengerollten Schlange. Nera hörte ein Murmeln und Rauschen von rasch fließendem Wasser zu seiner Rechten, und eine Minute später kam dasselbe Geräusch von links. Sie durchwanderten Echos und ein hohles Hallen, das ihm sagte, seine Füße gingen über hölzerne Brücken. Und manchmal kamen sie auch über hochgebaute Brücken aus tönendem Stein. Diese Geräusche, die Dunkelheit und ein Glimmen bildeten die Welt, die ihn umgab.

Er hörte den ausgelassenen Reden seiner Kameraden zu. Aber diese bestanden meist aus Anspielungen, deren Sinn er nicht verstand. Die Männer unmittelbar vor ihm wandten sich dann und wann um und schauten ihn gutgelaunt fragend oder abschätzend an. Und dann kamen sie schließlich zu dem Eingang eines großen Gebäudes und marschierten in einen Hof, der nach drei Seiten hin von aufragenden Befestigungsmauern umgeben war. Im Innenhof brannten unzählige Fackeln und an einem Ende, auf einer Tribüne, saß Ethal Anbual, der König der Feen von Connacht, mit einer kleinen Gruppe von Männern und Frauen. Nachdem die Truppen im Halbkreis Aufstellung genommen hatten, trat aus jeder Kompanie ein Mann vor, der die abgeschlagenen Köpfe von Feinden an den Haaren hochhielt. Sie legten die Köpfe vor den König hin, der sie genau betrachtete und von einem jeden Namen und Rang zu wissen verlangte.
Unter den Trophäen erkannte Nera auch Ailills Kopf mit kastanienfarbenem Haar und weitgeschwungenen Augenbrauen und den langgesichtigen, gelbhaarigen Schädel von Maeve. Er erkannte jeden Kopf, sobald dieser auf den Boden gelegt wurde, und sein Herz brach fast vor Kummer um seine toten Gefährten und aus Furcht um sein eigenes Schicksal.
Nachdem all die Trophäen ausgelegt worden waren, winkte der Führer jener Abteilung, mit der Nera marschiert war, ihn heran und trat mit ihm vor die Tribüne.
»Was soll mit diesem Mann geschehen?« fragte er den König.
Der König der Feen sah ihn fest an und Nera hatte eine undeutliche Vorstellung von ruhigen Augen, blitzenden Zähnen, von einem langen seidenen gelben Bart und von viel listigem Vergnügen hinter diesem Blick, der sich auf ihn heftete. Mehrere Leute auf der Tribüne beugten sich

zueinander, flüsterten und lachten, und der König, der einen Ellenbogen auf sein Knie stützte und sich vornüberlehnte, lächelte, als könne er erraten, was hinter ihm erörtert werde.

»Was führt dich hierher, mein Freund?« fragte der König.

»Ich bin mit den Kriegern gekommen«, stammelte Nera.

»Das weiß ich. Aber wie konnte es geschehen, daß du in der Lage warst, eure Welt zu verlassen und dich in unsere zu verirren?«

»Ich weiß auch nicht, wie das geschehen ist«, erwiderte Nera. »Alles, was ich weiß, ist, daß ich plötzlich für meine eigenen Leute unsichtbar war, und da es keinen Ort gab, zu dem ich sonst hätte gehen können, ging ich mit dem Feenvolk.«

»Das ist sehr verdrießlich«, sagte der König, »aber da du nun einmal hier bist, mußt du hier bleiben. Denn obwohl du nicht einer von uns geworden bist, hast du doch tatsächlich aufgehört, einer von ihnen zu sein. Bist du bereit, für deinen Lebensunterhalt zu arbeiten?«

»Ich werde alles tun, was Ihr mir befehlt.«

»Sehr gut«, sagte der König.

ZEHNTES KAPITEL

Das dünne Strahlen, das er vorher wahrgenommen hatte, als sie durch die Tür ins Feenland eingetreten waren, rührte nicht von einem wolkenverhüllten Mond her. Es war tatsächlich das erste schwache Blinzeln des Morgengrauens unter einem niedrigen Horizont. Und von Minute zu Minute breitete sich dieses Licht weiter aus. Zuerst war es nur ein Fleck, nicht größer als eine Hand gewesen. Nun nahm es sich aus wie ein Meer, das den östlichen Himmel überflutete.

Bald hatte es nicht länger die graue Farbe von Wasser oder unpoliertem Metall. Es glänzte nun wie sehr reines Silber. Es hatte eine zärtliche Weiße, ein makelloses Strahlen, ein tiefes durchsichtiges Leuchten; es war eine schneeige unberührte Lieblichkeit, in deren Innerem etwas aufblitzte, das man nur deshalb nicht eine Rose nennen konnte, weil es einen Farbstich ins Grüne hatte.

Nach einer Weile wurde das Blitzen tiefrot glänzend, glühte in Gold aus. Mit dieser Veränderung war der Tag geboren, und nun schien die Sonne.

Die Fackeln verblaßten, denn die Kraft des Scheins hatte sie verlassen und war dorthin gewandert, wo das junge milde Gestirn aufstieg.

Für einen Augenblick erbleichte das Gesicht des Königs der Feen und die Gesichter der Wesen um ihn ebenfalls; sie schienen besorgt. Etwas beunruhigte sie, eine Kühle wehte sie an, die sie zuvor nicht gespürt hatten. Die Diademe, die geschwungenen Helme, die Schulterstücke aus Bronze, die Schilde mit den metallenen Einfassungen blinkten für einen Moment nicht. Sie sahen stumpf und kühl aus, bis die Sonne sie berührte, und dann funkelten sie wieder mild freundlich, und in dem großen gelben Bart des Königs schäumte es vor Gold, und die Aura um seine Brauen hatte nun hundert Farben.

Er blickte auf Nera und sagte nachdenklich: »Nun da du hier bist, denke ich, mußt du wohl auch hier bleiben.«

Nera fiel das Wort ›muß‹ auf, ein Zwang, gegen den er machtlos war. Und in diesem Augenblick sagte er der Welt, die er verlassen hatte, ade. Er würde sie wohl nie wieder sehen oder allenfalls noch durch ein Fenster betrachten können.

Er nahm Abschied von allen Vorhaben, die ihm wichtig gewesen waren. Jetzt erschienen sie ihm nur noch unerheblich, so als wehte etwas von jenseits des Grabes zu ihm herüber. Leuten, die seine Feinde gewesen und denen gegenüber er Groll empfunden hatte, vergab er. Die Freunde, mit denen er umgegangen war, segnete er. Ein helläugiges Mädchen, das ihn angesehen hatte und auf dessen Gesicht sein Blick verharrt hatte, segnete er ebenfalls. Denn all das war nun zu Ende und vorbei. Diese Dinge hatten weiterhin keine Bedeutung mehr.

Er schob seine Schultern zurück, sog den Atem des neuen Lebens in seine Lungen ein und nahm alle Vorstellungen, die mit dem tiefen Einatmen in ihn gelangt waren, in sein Bewußtsein auf.

»Dort drüben ist ein Haus, in dem kannst du bleiben«, sagte der König der Feen, »und du wirst dort tun wie dir geheißen, bist du gelernt hast, was du tun mußt, ohne daß man es dich heißt.«

ELFTES KAPITEL

Es war eine kleine Behausung, halb verborgen unter blühenden Büschen. Um die Tür herum und vor und hinter den Fenstern schwirrte das tiefe Summen von Bienen.

Von der Schräge des Daches drang in zerbrechlicher Monotonie das sanfte Gurren von Tauben herunter und in den Bäumen ringsum erklang ein nie endendes Lied, ein Zwitschern und Rufen, als ob dort ständig Sommervögel zu und von ihren Nestern flögen. In dem Haus war eine junge Frau, die Nera offen und freundlich ansah, während seine Begleiter ihr Anweisungen gaben.

»Paß gut auf ihn auf«, sagte die Wache, »achte darauf, daß er nicht wieder verlorengeht, denn er hat sich schon einmal verlaufen.«

Die junge Frau lächelte. »Ich werde mich darum kümmern, daß er sich nicht verirrt«, sagte sie. »Kommt ins Haus, guter Mann, und ruht Euch erst einmal aus.«

Nera ging hinein, und sie reichte ihm eine hölzerne Schüssel voll Milch, eine Scheibe Weizenbrot und reichlich Honig.

»Das wird Euch kräftigen«, murmelte sie.

So war es auch, denn nach ein paar Minuten, als sie ihren Pflichten nachging, begann er sie mit gespannter Aufmerksamkeit zu beobachten. Es fiel ihm auf, daß er keine Lust verspürte, wieder wegzublicken, nachdem er einmal zu ihr hingesehen hatte.

Aber mitten in diesem Hinschauen schlief er ein. Da er in der Nacht nicht geschlafen hatte, war er sehr müde und weit mehr erschöpft von den Abenteuern und dem Schrecken, dem seine Sinne ausgesetzt gewesen waren, als er das bisher wahrgenommen hatte.

Er schlief gut.
Die Sonne erklomm die Höhe ihrer Bahn, und als sie wieder zu sinken begann, erwachte Nera und trat in eine Welt, so völlig neu, daß er sich nur wundern und freuen konnte. Er fühlte sich ganz ausgefüllt von Glück, als er durch den Garten ging, zwischen den Bienen, Blumen und Vögeln. Ein mildes Sonnenlicht beschlich ihn und gewann in ihm Leben.
In der Welt, die er verlassen hatte, war der Sommer mit all seiner Süße gerade vergangen, und wenngleich der Winter mit seinem Schnee und Eis noch nicht eingezogen war, hatte dieser doch schon viele Boten ausgeschickt. Sein eisiger Atem war ihm vorausgegangen, so daß den Herbst ein Frösteln überkommen hatte und seine rotbraunen Backen bleich geworden waren.
Hier fand er nun den Sommer wieder, gerade so wie er zuvor vergangen war, aber dieser Sommer hier hatte eine Lieblichkeit wie er sie nie zuvor empfunden.
Hier gab es Blumen von einer Färbung und Süße, die alles übertraf, was er je gesehen hatte. Das Sonnenlicht schien durchsichtiger und reicher als er es gewohnt war. Die Luft war beladen mit Balsam und Gewürzen, die man nie müde wird zu riechen und zu schmecken.
Die Frau des Hauses rief ihm zu: »Ihr müßt nun arbeiten, mein Lieber!«
Sie drückte ihm eine Axt in die Hand und schickte ihn in einen nicht weit entfernt gelegenen Wald. Er mußte dort Bäume fällen, und dann sollte er die gefällten Bäume spalten und die Scheite am Morgen in einem Gestell auf dem Rücken zum Palast tragen. Es waren nur ganz bestimmte Bäume, die gefällt wurden, weil ihr Holz gut brannte und beim Brennen einen angenehmen Geruch abgab.
Die Arbeit war hart, aber sie strengte ihn nicht eigentlich an, denn er konnte geschickt mit einer Axt umgehen. Er war

vertraut mit diesem Werkzeug, denn er war Hauptmann einer Abteilung von Axtträgern gewesen, während er in den Diensten des Königs von Munster stand.
Als der Baum zu Boden fiel, zerlegte er ihn so geschickt und führte seine Hiebe so kraftvoll, als tue sich die Arbeit von selbst. In kürzester Zeit hatte er genug Scheite, um mehrere Traggestelle damit zu füllen.
Am anderen Morgen begann er damit, sie zum Palast von Ethal Anbual zu tragen.

ZWÖLFTES KAPITEL

Als er von einem seiner Wege zum Palast zurückkam, hörte er zwei Männer miteinander redend den Pfad entlangkommen, der wild zwischen den Bäumen dahinlief. Es war ein sehr schmaler Pfad mit vielen Windungen, und er konnte ihn nur ein kurzes Stück weit einsehen. Er verlief so gewunden und war so dicht von Blättern umgeben und halb zugewachsen, daß man nicht sah oder hörte, wenn einem jemand entgegenkam.
Nera vernahm auch keine Schritte, aber die Stimmen drangen an sein Ohr, und da er so neu war in diesem Land, gab er einem Impuls nach, wich etwas vom Pfad ab und versteckte sich hinter einem Baum.
Eine Stimme sagte: »Willst du wohl weiter, du Faulenzer?«
Eine andere antwortete: »Selbst Faulenzer! Ich gehe oder gehe nicht, wie's mir gefällt. Aber willst du wohl bitte darauf achten, wohin ich gehe?«
»Ich paß schon auf«, sagte die erste Stimme, »aber du gehst so langsam, daß ich nach jedem Schritt einschlafe. Kannst du nicht etwas rascher laufen, du Faulpelz? Eine Armlänge

nach rechts oder du schlägst dir die Nase an einem Baum ein. Nun setz dich schon endlich in Bewegung und mach voran!«

»Ach, es ist schwer, im Dunkeln zu sein«, sagte die erste Stimme.

»He«, sagte die zweite Stimme, »hör mit dem Geschwätz auf! Mich macht diese Litanei ganz krank. Eine Armlänge nach links, mein Mondgesicht, und dann geradaus weiter. Warte, ich muß mich ducken, oder der Ast hier reißt mir den Kopf ab. Nun locker voran und beweg deine Stumpen.«

»Ach, es ist schwer, im Dunkeln zu sein, es ist schwer im Dunkeln zu sein«, sagte die erste Stimme.

»Kannst du eigentlich noch irgend etwas anderes sagen?« rief der andere wieder.

»Ich kann, aber ich will nicht. Und ich sage, ›es ist schwer im Dunkeln zu sein, es ist schwer, im Dunkeln zu sein‹ – bis ich sterbe. Und ich werde es sagen, wenn ich tot bin, und nach meinem Tod auch noch.«

»Es wird gleich soweit sein«, brüllte sein Gefährte, »wenn du nicht zwei Schritt nach links und einen nach rechts tust.«

Nera schaute und sah nun die beiden, die da kamen. Der eine saß auf den Schultern des anderen. Der Mann, der getragen wurde, hatte keine Beine, und Nera erkannte, daß der Mann, der lief, keine Augen hatte. Der blinde Mann gab die ›Beine‹ ab für den Lahmen, und dieser die ›Augen‹ für den Blinden.

Nera folgte ihnen. Er fragte sich, wohin sie wohl gehen mochten. Er bewunderte die Art, in der sie ihre Fähigkeiten verdoppelt und ihre Mühsal verteilt hatten.

Nach einer Weile bogen sie von dem Pfad ab und liefen auf einem Durchschlupf zwischen den Bäumen dahin. In Kürze erreichten sie eine Quelle. Der blinde Mann hielt

inne, lehnte sich über die Quelle, während der Lahme hineinstarrte.
»Ist es da, mein Herz?« fragte der Blinde.
»Ja doch«, erwiderte sein Gefährte.
»Nun gut«, sagte der andere, »dann wollen wir dem ein Ende machen. Mein Rücken ist mir fast durchgebrochen. So steht es! Ach, es ist schwer, im Dunkeln zu sein, es ist schwer, im Dunkeln zu sein.«
»Willst du wohl mit dem Geschwätz aufhören?« schnarrte der Krüppel.
»Ich will nicht!« kreischte der blinde Mann. »Ich will bis zum Jüngsten Gericht sagen: ›Es ist schwer, im Dunkeln zu sein‹. Und danach sag ich's erst recht.«
»Etwas nach links«, rief sein Gefährte, »oder es ist aus mit dir. Da liegt ein Felsbrocken im Weg, der wird dir das Schienbein spalten, den Schädel zertrümmern, den Magen abdrücken und uns beide umbringen.«
Der blinde Mann trottete vorsichtig in die angegebene Richtung.
»Soll ich denn noch weiter gehen«, fragte er, »oder was soll ich tun? Kannst du nicht aufpassen, wohin ich mich bewege?«
»Ich kümmer mich nicht mehr darum, Faulpelz. Du gehst noch zehn Schritte weiter, und dann ...«
»Ach, es ist schwer, im Dunkeln zu sein, es ist schwer, im Dunkeln zu sein!« rief der blinde Mann abermals. Dann waren sie zwischen den Bäumen verschwunden.

Nera ging heim durch einen ruhigen Abend, der Tau lag auf dem Gras. Die Sonne war ständig weiter herabgesunken. Nun ruhte noch die rote Schulter des Titanen an dem träumenden Abhang, und von dort kam ein Strahl, so rosig und sanft wie wir uns Licht in Träumen vorstellen.
Immer noch drang vom Firstbalken des Hauses der

schwache, ständig wieder unterbrochene Ruf der Tauben: es klang so leise, daß das Ohr sich anstrengen mußte. Es hörte sich so gedämpft an, daß man zuinnerst vermutete, die Luft selbst gurre sanft in langen und längeren Pausen. Ein träges Summen blieb für einen langen Moment in der Luft, als eine verspätete Biene, beladen mit Süßigkeiten, zufrieden sich heimwärts trollte. Von den Bäumen in der Nähe kam nur ein Laut oder zwei, ein Zirpen des Willkommens oder der Anfrage, ein rasches Schwirren wie heranfliegende Schwingen, die sich dann übereinanderlegten unter den Blättern.

Und als Nera dort stand, und der letzte schwache Sonnenstrahl auf ihn fiel, nicht länger rot, sondern braun, dachte er an die Freunde, die er verlassen hatte vor so langer Zeit. Es wurde ihm bewußt, daß sie nun alle tot waren, und er meinte, die liebe Welt sei auch für ihn auf immer verloren. Traurig ging er in das Haus hinein, und die schönwangige Frau mit dem honigfarbenen Haar stellte ihm Brot, Fleisch und Honig hin, goß ihm frische süße Milch ein und reichte ihm ein großes Gefäß voll Wein. Und als er aß und sich seine Aufmerksamkeit dieser Gefährtin mit ihren stillen Augen zuwandte, vergaß er seine Freunde und Kameraden und die Katastrophe, die über sie hereingebrochen war. Und seine eigene schlimme Lage vergaß er auch.

DREIZEHNTES KAPITEL

Er blieb lange bei ihr und redete, denn er mochte sie nicht verlassen, um zu seinem Lager zu gehen. Sie wollte ihn auch nicht gehen lassen.

»Sag mir, Frau des Hauses, was für ein Leben ist das wirklich in dieser Welt?«

»Wir wünschen, und was wir wünschen, bekommen wir dann auch.«

»Ihr bekommt wirklich alles, was ihr euch wünscht?«

»Nur die einfachen Dinge. Das, was wir essen, die Kleidung, das Sonnenlicht und die süßen Gerüche. Jeder bekommt, was er fähig ist sich zu wünschen, aber die Fähigkeit eines jeden zu wünschen ist verschieden.«

»Du zum Beispiel, honigfarbene Gefährtin, was bekommst du?«

»Alles, was ich mir wünschen kann«, antwortete sie mit einem Lächeln.

»Bist du leicht zufriedenzustellen?« fragte Nera und blickte auf die hübsche, aber armselige Einrichtung.

»Ehe ich hierherkam aus der Welt der Sterblichen«, sagte sie, »hatte ich wenig Frieden, und es wird lange Zeit brauchen, ehe ich unzufrieden werde bei solch ruhigem Glück. Auch«, fuhr sie lächelnd fort, »habe ich es noch nicht gelernt, kraftvoll und in großem Stil zu wünschen, wie es die Könige und andere tun, denn ich bin nicht mit Besitz wie sie ihn haben aufgewachsen; ich habe deswegen nur das, was ich mir zu wünschen verstehe, aber ich bin ja zufrieden. Ich werde all die anderen Dinge noch bekommen, wenn ich besser zu wünschen gelernt habe.«

»Ich weiß, was ich will!« rief Nera spitzbübisch.

»Wenn du es so genau weißt, wirst du es gewiß auch bekommen«, antwortete sie, und ihre Augen ruhten auf ihm sanft wie das Gurren der Tauben in der rosigen Luft.

»Sag mir mehr solche Dinge«, bat Nera, »ich könnte deiner Stimme ewig zuhören.«

»Diese Welt heißt Tir na n'Óg, das Land der Jugend. Es liegt in der Welt, die du verlassen hast, wie sich das Fleisch eines Apfels unter dessen Schale befindet. Alle, die in deiner Welt sterben, kommen in diese. Aber innerhalb dieser Welt gibt es noch eine andere: das Land der Wunder. Und jene, die hier sterben oder dies wünschen, gelangen dorthin. Innerhalb vom Land der Wunder liegt abermals eine Welt, das Land des Versprechens, und jene, die im Land der Wunder sterben, werden wiedergeboren im Land des Versprechens, aber sie können dort nicht sterben, ehe sie es sich nicht selbst wünschen.«

»Und nach dem Land des Versprechens?«

»Nach dem Land des Versprechens gelangt man wieder in eure Welt.«

»Das ist alles sehr wundervoll«, sagte Nera. »Gibt es noch weitere solche Dinge, von denen du mir mehr erzählen kannst?«

»In der Welt, aus der du kommst«, fuhr sie fort, »vergeht die Zeit langsam. Aber in dieser Welt hier vergeht sie noch langsamer.«

»Ich versteh das alles nicht!« rief Nera.

»Nichts ist wirklich hier, denn alles ist gewünscht. Hier ist eine Minute wie ein Tag. Die Zeit läuft sehr langsam bei uns, und wir leben so rasch. Im Land der Wunder vergeht die Zeit noch langsamer und das Leben verläuft noch schneller, so daß in diesem Land eine Minute wie tausend Jahre ist. Und im Land des Versprechens hört die Zeit gänzlich auf. Dort gibt es nur noch Leben.«

»Das ist eine schwierige Erklärung«, sagte Nera. »Ich habe nicht alles begriffen.«

»Ich verstehe es auch noch nicht alles«, erwiderte sie, »aber das ist es, was man uns hier lehrt.«

»Dennoch«, sagte Nera, »ist da etwas, was ich sehr wohl verstehe.«
»Und das wäre?« fragte sie.
»Daß man dich bewundern muß«, sagte er. Als sie nicht antwortete, ging er zu ihr hin und küßte sie dreimal.
»Das mußt du nicht tun«, sagte sie, »denn Ethal Anbual hat keine Erlaubnis dazu gegeben.«
»Aber wenn ich es doch wünsche«, sagte Nera, »wenn es doch unser Wunsch ist«, fuhr er zärtlich fort. »Wünschest du es denn nicht auch?«
Sie lächelte ihn an wie jemand, der erstaunt und entzückt ist. »Tatsächlich habe ich nicht gewußt, daß ich es wünsche«, sagte sie, legte ihre Arme um seinen Hals und gab ihm drei sanfte Küsse.

VIERZEHNTES KAPITEL

Den ganzen nächsten Tag über war er damit beschäftigt, Holz zu hacken und es fortzubringen. Er hatte kein Verlangen nach Gefährten, und er traf auch niemanden. Er sah nur jene Leute im Palast, denen er das Holz ablieferte, und da seine Arbeit keiner Erklärung bedurfte, ließ er sich nicht in Gespräche mit ihnen ein.
Ein paar Menschen gingen an ihm vorbei; einige waren Diener, die es eilig hatten, andere lachend herumspringende Kinder. Aber alles, was er mit ihnen sprach, war ein Segenswort, das ein Grußwort ist.
»Gott mit euch!« sagte er.
»Gott sei mit deinem Werk!« antworteten sie.
Während er zwischen dem Wald und dem Palast hin und her ging, hörte er von der entlegenen Seite des Gebäudes

her den Klang von Hörnern. Einmal kam eine Gruppe bewaffneter Männer an ihm vorbei im Marschschritt mit wilden, entschlossen dreinblickenden Gesichtern. Oder eine Wolke von Reitern mit kühn leuchtenden Schilden, Speeren und klirrenden Rüstungen galoppierte vorüber. Abgesehen davon war er unterwegs so einsam, als bewege er sich durch eine Wüste, und seine treuesten Gefährten waren das Sonnenlicht, das zwischen den Blättern tanzte, oder die kühlen Schatten, die hinter einem Baum oder einem Fels schliefen.

Er hatte Muße, über die Dinge nachzudenken, die ihm erzählt worden waren, und ein paarmal versuchte er sich im Wünschen.

Wenn er nach seiner Meinung gefragt worden wäre, hätte Nera geantwortet, daß Wünschen eine ideale Beschäftigung für einen müßigen Mann sei, und daß man dafür keine besondere Begabung nötig habe. Aber er entdeckte nun auch, daß das, was er für Wünschen gehalten hatte, eigentlich nur ein müßiges Umherschweifen seiner Gedanken war. Eine oberflächliche Einbildung, bei der, obwohl Sympathien im Spiel waren, sein Bewußtsein und sein Wille aber nicht berührt wurden.

Er versuchte sich etwas zu wünschen, stellte aber fest, daß er gar nicht wußte, wie man das macht. Denn, wenn ein Bild in seinem Bewußtsein auftauchte, folgte darauf gleich wieder ein anderes, ehe er dem ersten auch nur die Hälfte der ihm angemessenen Aufmerksamkeit hatte zuteil werden lassen.

Er fand auch heraus, daß er gar nicht wußte, was er sich wünschen sollte. Er hatte Nahrung im Überfluß, die Sonne schien, süße Melodien waren um ihn, und niemand legte sich mit ihm an. Seine Gesundheit war vollkommen und seine Stärke so groß, daß er jeder Anforderung, die sich in dieser Beziehung stellte, leicht nachkommen konnte.

Er war ein wenig verwirrt. »Gibt es denn überhaupt nichts, was mir fehlt?« rief er und setzte sich auf einen moosüberwucherten Baumstumpf, um die Angelegenheit ausgiebiger zu bedenken.
Das wollte ihm nicht glücken, denn sein Bewußtsein lief immer wieder zu der Welt zurück, die er verlassen hatte, es rief Gesichter, Charaktere und Ereignisse auf, vor denen es gleichzeitig warnte, sie gingen ihn nichts mehr an. In jener anderen Welt war er ehrgeizig gewesen, aber hier schien das nicht von Bedeutung.
Was tat es schon, daß sein Kamerad Cairbre eventuell seinen Platz als Hauptmann der Truppe eingenommen hatte? Es war weit wahrscheinlicher, daß sein Kamerad Cairbre tot war, und daß die gesamte Truppe gleich ihm kalt und steif im Gras lag.
Sie sind tot, dachte er, oder sie werden bald sterben. Und ich, dachte er wieder unter aufblitzendem Erstaunen, das auch Schrecken brachte, kann nie mehr sterben, weil ich jetzt tot bin. Und doch bin ich so lebendig wie ich es je gewesen bin oder sein konnte.
Der Gedanke erschreckte und ernüchterte ihn.
Ich muß mehr über diese Welt in Erfahrung bringen, dachte er, und herausfinden, was in ihr der Aufmerksamkeit wert ist.
Und dann erinnerte er sich an seine taubenäugige Gefährtin, die in dem Haus auf ihn wartete, um das herum die Vögel sangen und die Bienen zufrieden summten; und er wußte, daß ihm nichts fehlte außer dem, was sie ihm geben konnte, und daß er sich keine anderen Freuden zu wünschen brauchte als jene, über die sie gebot.
Ihre ruhigen Augen, ihre kühlen und zärtlichen Hände, ihre Brüste lockten ihn auszuruhen, noch länger zu verweilen und all jene Traurigkeit zu vergessen, die sich in vielen Jahren in ihm angesammelt hatte. So konnte er sich lösen

von aller Anstrengung und Aufregung, die er einst für Leben gehalten hatte. Er erhob sich freudig, voller Ungeduld, Wünsche und Begierde, und schwang lustvoll seine Axt, während er ausschritt auf seinem Weg zu jenem Haus des Traumes.

FÜNFZEHNTES KAPITEL

Er wurde dort willkommen geheißen, und als er seine Geliebte in die Arme nahm, spürte er, daß es nichts mehr zu wünschen gab, und daß seine Hände all das hielten, was das Leben an Verlockendem und Befriedigendem zu bieten hatte.

Nach dem Essen begann er Fragen zu stellen. Er war immer noch voller Neugierde, und es gefiel ihm weiterhin, ihr auf die Lippen zu schauen, zu sehen wie sie sich bewegten und die Worte bildeten. Er liebte den zartsüßen Laut dieser Worte, wenn sie sie hervorbrachte; er sah gern in ihre Augen, während sie sich weiteten und verengten, während sie sich mit Schatten überzogen oder ihr Blick einem bestimmten Gedanken Nachdruck verlieh.

Er erzählte ihr von den Männern, die er am vorangegangenen Tag gesehen hatte. Von dem einen, der auf den Schultern des anderen ritt und keine Beine hatte; von dem anderen, der blind war. Er bat sie, ihm doch zu erklären, was es mit ihrer Zusammenarbeit und mit ihrem Weg durch den Wald auf sich habe.

Sie erklärte ihm, daß dies Männer seien, die bestimmte Schätze bewachten, welche dem König der Feen gehörten, nämlich die Krone von Bruin, den Umhang von Laery und das Hemd von Dunlaing. Niemand wisse, wo diese Schätze

verborgen lägen, außer den beiden und dem König. Es sei schon ein seltsamer Zufall, daß er ihnen begegnet sei, während sie zu einem ihrer pflichtgemäßen Besuche am Versteck des Schatzes unterwegs waren.
»Aber warum sucht sich der König solch merkwürdige Wächter für seinen Schatz aus?« fragte er.
»Sie können den Schatz nicht stehlen, denn sie können nicht davonrennen. Der eine ist blind, er kann den Schatz nicht erblicken. So kann er ihn nicht an sich nehmen. Der andere kann den Schatz zwar sehen, aber er hat keine Beine und kann sich nicht mit ihm davonmachen.«
»Aber«, wandte Nera ein, »sie könnten doch einer dritten Person, einem bösen Kameraden, davon erzählen, und er könnte den Schatz holen. Sie könnten«, sagte er, »beispielsweise mir etwas davon sagen. Ich habe alle Beine und Augen, die es dazu braucht.«
»Nein«, erwiderte sie, »diese Männer sind selbst viel zu gierig nach dem Schatz, und deswegen sagen sie keinem etwas davon. Sie wünschen sich den Schatz, und in gewisser Weise besitzen sie ihn ja auch. Aber um ihn zu bekommen, haben sie sich selbst auch zur Sklaverei verwünscht.«
»Es scheint mir«, sagte Nera, »daß, wenn jemand sich etwas wünscht, es nicht immer so eintrifft, wie er es sich wünscht.«
»Du darfst dir nicht etwas wünschen, das jemand anderem gehört«, antwortete sie. »Denn wenn es zwei solche Wünsche gibt, wirken sie gegeneinander. Und die Leute, die derart wünschen, bleiben unbefriedigt in der Mitte zurück. Das ist qualvoll.«
»Ich sehe schon, es hat keinen Zweck zu wünschen!« rief Nera unzufrieden.
»Doch«, erwiderte sie, »du kannst dir Dinge wünschen, an denen du dich mit anderen erfreuen kannst. Das sind die rechten Wünsche.«

»Solch Dinge wie ...?« sagte Nera verächtlich.
»Sonnenlicht, und die Lieder der Vögel, gutes Essen und Gesundheit, Zufriedenheit und Verständnis. Damit verletzt du niemanden. Und jeder ist besser dran, wenn er sie besitzt oder unter Menschen lebt, die sie haben.«
Nera dachte darüber nach, aber ihm schienen solche Dinge nicht gewinnbringend, denn er sagte sich, daß Dinge, die es wert sind, sie zu besitzen, stets solche sind, die andere Menschen schon besitzen oder entbehren. Und er überlegte weiter, daß es wenig Sinn habe, etwas zu besitzen, das ohnehin jeder genießen konnte, der es sich wünschen mochte.

SECHZEHNTES KAPITEL

Plötzlich lief der junge Mann im Gesicht purpurrot an. Er hieb mit der Faust auf den Tisch, so daß alles, was darauf stand, zu wakkeln begann und seine Gefährtin vor Erstaunen mit einem Satz auffuhr.
»Was hast du, mein Lämmchen, mein kleines Kalb?« rief sie und rannte zu ihm hin.
»Ich weiß, was ich mir wünschen werde!« rief Nera triumphierend.
»Was ist es?« flüsterte sie.
»Ich will die Belohnung, die ich gewonnen habe. Ich bin um meine Belohnung betrogen worden«, sagte er wild.
»Von welcher Belohnung sprichst du? Und wer hat gewagt, dich darum zu betrügen?«
»Das Schwert mit dem goldenen Knauf!« rief er. »Die Klinge, die mir Ailill versprach, und die ich gewonnen habe.«

Und als er das sagte, überkam ihn eine schreckliche Angst. Das Licht wurde grau vor seinen Augen, und er schlug seine Fäuste gegeneinander.
»Erzähl mir von dieser Belohnung«, bat sie.
Und sie preßte ihre weichen Hände auf seine Stirn und küßte ihn zärtlich auf seine Augenlider.
»Erzähl mir, was dir zugestoßen ist«, drängte sie.
Also setzte sich Nera wieder auf seinen Stuhl und blickte zurück in die Welt, die er verlassen hatte. Er ordnete seine Gedanken, und dann begann er, ihr seine Abenteuer zu erzählen. Seine Gefährtin hörte ihm mit weit geöffneten Augen zu, während er von der Auslobung des Preises berichtete und von der schrecklichen Nacht, die ihr Geliebter durchlebt hatte.
»Und nun«, schloß er, »werde ich nie meine Belohnung bekommen, denn ich habe mich aus dieser Welt entfernt. Der edle Ailill und Maeve mit den langen weißen Wangen sind tot, und all jene, die bei ihnen waren, liegen erschlagen.«
Da begann die Frau zu lachen und ihre Fröhlichkeit wirkte so ansteckend, daß auch Nera mitlachen mußte, obwohl ihn eigentlich ihr Lachen verletzte.
»Was ist es denn an meiner Geschichte, das dich zum Lachen reizt?« fragte er.
»Es stimmt alles nicht«, murmelte sie und wischte sich die Lachtränen von den Wangen.
»Was stimmt alles nicht?«
»Sie sind nicht tot«, erwiderte sie.
»Aber ich habe doch das Gemetzel mit eigenen Augen gesehen . . . Mit denselben Augen, mit denen ich jetzt dich, du Wunder, ansehe. Ich sah Ailill vor seinem Zelt liegen, das zerbrochene Schwert in der Hand. Ich sah Maeve im Zelt, alles verwüstet, blutverschmiert.«
»Trotzdem . . .«

»Und später sah ich dann Männer, die die abgehauenen Köpfe meiner Gefährten dem König der Feen zeigten.«
»Es war nur ein Spiel!« rief sie.
»Ein Spiel! Ach, dieses Spiel ging bös aus für meine Kameraden.«
»Du willst nicht hören!« rief sie und schlug ihre Hände zusammen. »Es war ein Spiel, es geschah nicht wirklich.«
»Es geschah nicht wirklich!« wiederholte er und starrte sie an. »Jetzt verstehe ich gar nichts mehr. Und du hast wohl recht, wenn du mich auslachst.«
»Du wirst es verstehen«, rief sie, »du mußt mir nur zuhören.«
»Nun gut«, sagte Nera, »ich werde dir zuhören, aber ich bin davon überzeugt, daß ich gar nichts verstehen werde, denn ich habe gesehen, wie sie die abgeschlagenen Köpfe an den Haaren dem König der Feen hinhielten und dieser sie anstarrte.«
»Es war nicht wirklich. Es ist nicht geschehen.«
»Ob es nun geschehen ist oder nicht geschehen, ich habe gesehen, wie es geschah«, sagte Nera eigensinnig.
»Ich werde dich verprügeln!« rief sie, »wenn du mir jetzt nicht endlich zuhörst.«
»Ich hör dir ja zu«, erwiderte er, »ich spitze die Ohren.«
»Der König der Feen war zornig über etwas, was Maeve ihm vor langer Zeit getan hat. Sie hat Angus von dem Brugh geholfen, den Feen von Connacht ein Mädchen zu rauben.«
»Davon hab ich auch schon gehört. Und soweit bin ich noch bei Verstand, um mich daran zu erinnern.«
»Und nun wünschte sich der König, gegen Maeve in den Krieg zu ziehen. Sein Wunsch wurde in seiner Welt erfüllt. Aber er wurde nicht erfüllt in ihrer Welt.«
»Sehr gut. Und was folgt daraus?«
»Es folgt daraus, daß weder Maeve noch Ailill tot sind, daß all deine Gefährten noch leben, so wie sie gelebt haben, als du sie verließest.«

SIEBZEHNTES KAPITEL

»Ich werde gleich erwachen«, sagte Nera, »denn ich muß doch wohl fest schlafen und träumen.«

»Du hast zugesehen, wie ein Wunsch erfüllt worden ist«, fuhr sie fort, »und da ein Wunsch im Bewußtsein entsteht, so muß er auch im Bewußtsein befriedigt werden. Und da du in diese erste Welt des Bewußtseins hineingeraten bist, hast du etwas gesehen, was sich nur im Vorstellungsvermögen des Bewußtseins zutrug und anderswo nicht geschehen ist.«

»Gleich schlüpft mein Bewußtsein durch die Ohren hinaus und läßt meinen Kopf völlig leer zurück.«

»Es ist doch ganz einfach«, beharrte sie.

»Zweifellos ist es das. Aber ich beginne zu begreifen, daß ich nie mehr etwas verstehen werde. Ach!« sagte er, »ich bin zu einem Narren geworden. Ich könnte auf der Stelle verrückt werden und die Leute ins Bein beißen.«

Aber seine liebliche Gefährtin unterbrach ihn. Beruhigend sagte sie: »Ailill und Maeve und all deine Gefährten sind am Leben geblieben ... diesmal noch.«

»Diesmal noch?« fragte Nera. »Ich wundere mich, und so viel Wunder ertrage ich nicht. Mein Kopf dröhnt davon.«

»Etwas«, sagte sie, »das man sich vorstellt, ist zunächst nur im Bewußtsein vorhanden. Aber wenn man es dann in Gedanken ausführt, und es sich real vorstellt, dann wird es auch real, und zwar in allen Welten, in denen es Leben gibt.«

»Eine gute Wahrheit ...!« sagte Nera.

»Du mußt wissen, daß durch Wünschen und Wollen die Welten entstehen, daß alles so entsteht.«

»Ich will nicht weiter darüber nachdenken«, sagte Nera, »denn ich spüre, ich bin dazu nicht intelligent genug. Aber was wolltest du damit sagen, vorhin, als du erwähntest,

Maeve und Ailill seien für diesmal noch am Leben geblieben?«
»Diesmal«, erklärte sie, »hat der König der Feen in seinem Bewußtsein nur etwas durchgespielt, was Wirklichkeit werden wird, wenn er noch einmal daran denkt. Diesmal kam es der Wirklichkeit schon so nahe, daß du es als etwas erlebt hast, was tatsächlich geschehen ist. Das nächste Mal wird es so real sein, daß es sich tatsächlich ereignet, und die Königin von Connacht wird mit vielen aus ihrem Volk sterben, wenn sie nicht gewarnt wird und ihren Wunsch gegen unseren Wunsch setzt, denn wir, dessen sei gewiß, unterstützen alle den König in seinem Wünschen.«
»Und wenn es ihnen gelingt, ihren Wunsch gegen euren zu setzen, was dann?«
»Wenn sie das tun, wird nichts geschehen.«
»Aber wie können sie das schaffen?« fragte er.
»Es gibt kluge Dichter und Zauberer in Cruachan«, erwiderte sie. »Wo ein Dichter ist, da ist auch ein Wunsch, und wo ein Zauberer ist, da ist auch ein Wille.«
»Sag mir nur das noch«, bat Nera, »wann hat der König der Feen vor, Cruachan anzugreifen?«
»Am nächsten Samhain. Denn am Fest von Samhain sind die Türen zwischen dieser Welt und jener Welt offen, und jene, die es wünschen, können von einem Ort zum anderen Ort gelangen.«
Nera schlug seine Hände zusammen.
»Es gibt keine Hoffnung«, rief er, »denn bis zum nächsten Samhain können wir nicht heraus, um sie zu warnen, und dann ist es zu spät.«
»Wünschst du dir es ganz intensiv?« fragte sie.
»Bei meiner Schwerthand: das tu ich.«
»Dann«, sagte sie, »wird es dir auch gelingen.«
»Aber Samhain ist vorbei«, entgegnete Nera.
»Das Fest ist noch nicht vorbei«, sagte sie.

ACHTZEHNTES KAPITEL

Mein liebes Herz«, sagte Nera, »du mußt mich ertragen und mir vergeben, denn ich spüre, daß ich überfließe vor Dummheit, und daß ich fortan immer ›warum‹ und ›was‹ sagen werde und all die anderen Worte, die am Anfang von Fragesätzen stehen. Erklär mir bitte, was du meintest, als du sagtest, sie würden nicht vor dem nächsten Samhain angegriffen werden, und daß *dieses* Samhain-Fest noch nicht herum ist.«

»Ich habe genau das gemeint, was ich gesagt habe«, erwiderte sie. »Wie lange bist du hier gewesen?«

Nera schaute sie an. »Ich muß überlegen, sonst sage ich etwas Törichtes ... Ich bin drei Tage hier gewesen.«

»Nach unserer Zeit«, sagte sie. »Aber nach dem Zeitverlauf in eurer Welt macht das wieviel?«

»Drei Tage.«

»Nein«, erklärte sie. »Du bist drei Minuten hier gewesen, denn eine Minute in eurer Zeit ist ein Tag in unsrer.«

»Dann«, rief Nera aufgeregt und sprang auf, »ist ja immer noch Samhain.«

»So ist es.«

»Wie lange«, fuhr sie fort, »hast du gebraucht, um von dem Rasen bis zu dem Hügel zu gelangen, auf dem die Gerichteten hingen?«

»Fünf Minuten.«

»Und von dort wieder zurück – denn der Rest ist Zauber – abermals fünf Minuten, und du bist drei Minuten hier gewesen. Das Mahl, das bereitet wurde, als du gingst, steht noch nicht auf dem Tisch. Aillill und Maeve warten auf deine Wiederkehr. Alles in allem bist du von Cruachan genau dreizehn Minuten fort.«

Nera sprang auf. »Ich bekomme mein Schwert!« rief er. »Rasch, verrate mir«, flüsterte er drängend, »wie kann ich das Feenland wieder verlassen?«
»Du würdest mich wirklich verlassen?« fragte sie bewegt. Tränen traten ihr in die Augen und liefen die Wangen hinab.
Er nahm ihre Hände: »Ich werde zurückkommen«, versprach er ihr. »Ohne dich könnte ich nicht mehr sein. Aber ich muß mir auch den Preis holen, den ich gewonnen habe, oder ich werde nicht glücklich sein. Und ich muß die Dichter von Connacht warnen vor dem, was am nächsten Samhain geschieht. Sag mir, mein liebes Herz und mein einziger Schatz, wie kann ich das Feenland verlassen?«
»Du wirst auch bestimmt zurückkommen?«
»Ich werde gewiß zurückkommen«, sagte er. »Ich schwöre es bei der Gewalt der Elemente und bei den Göttern meines Volkes: Ich werde gewiß zurückkommen.«
»Dann«, sagte sie, »will ich es dir erklären. Du brauchst nur den Weg zurückzugehen, den du gekommen bist. Die Tür im Hügel ist offen, denn noch ist Samhain, und wenn du durch die Tür trittst, bist du wieder in der Welt, aus der du gekommen bist.«
»Aber Maeve wird mir nicht glauben, wenn ich ihr all das erzähle«, klagte er. »Sie wird sagen, dies sei nur eine erfundene Geschichte.«
»Nimm doch einige Früchte des Sommers für sie mit«, schlug sie vor.
»Das ist ein guter Einfall«, pflichtete er ihr bei, und endlich atmete er wieder leicht und ruhig.
Sie gingen zur Tür, und sie sammelte für ihn wilden Knoblauch, Schlüsselblumen und goldenen Farn, die legte sie ihm in die Hand und sah ihn eindringlich und sorgenvoll an, als sie sie ihm gab.
Aber er dachte an den Weg, den er gekommen war, an die

gewundene Straße, an die Steinbrücken und Holzbrücken, an die Kurven und Windungen, an das Geräusch des Wassers, das er mal von jener Seite und dann wieder von der anderen her gehört hatte.
»Ich muß gehen«, sagte Nera, »ich habe eine lange Reise vor mir, ehe ich wieder an der Tür im Hügel bin.«
»Nicht mehr als das Viertel einer Minute nach eurer Zeit wird vergehen«, sagte sie.
Sie küßten sich zärtlich und dann schieden sie.
»Du wirst doch zurückkommen?« rief sie ihm nach.
»Gewiß werde ich zurückkommen!« antwortete er.

NEUNZEHNTES KAPITEL

Nera schritt eilig aus. Doch an der Biegung der Straße blieb er noch einmal stehen und blickte zurück auf das kleine Haus unter den Bäumen, umgeben von blühenden Sträuchern. Das späte Sonnenlicht, halb golden, halb rosig, hüllte es friedvoll schlaftrunken ein, in der Erinnerung vernahm er Ruf und Antwort, wie sie von Taube zu Taube auf dem Dachfirst flogen, und auch das Summen der Bienen, die durch die Fenster herein und hinausflogen.
Er sah seine zärtliche Gefährtin am Ende des kleinen Pfades stehen, der zu dem Haus hinlief, und sie winkten einander ein-, zwei-, dreimal zu. Dann betrat er den Wald, der an die Straße grenzte, durchquerte ihn und gelangte zum Palast. Dort begann die andere Straße, die in Kurven und Schleifen bergauf und bergab lief, bis zu dem von Bäumen überwölbten Hohlweg und von dort zu der Tür im Hügel und zu der Welt der Menschen.

Es war eine lange Reise. Aber er nahm das nicht wahr, denn er dachte immer daran, woher er kam und wohin er ging, und er dachte an die Klinge mit dem goldenen Knauf, die der König von seiner Hüfte nehmen und ihm um seinen dünnen Leib gürten würde. Er dachte auch an die Frau mit dem honigfarbenen Haar, die Schöne, die liebenswerte Gefährtin, seine Freundin mit den zärtlichen Händen; aber als er schon fast umkehren wollte, erinnerte er sich auch wieder an das Böse, das dann über Connacht hereinbrechen würde, und es fiel ihm wieder das Schwert mit dem goldenen Knauf ein, das er gewonnen und noch nicht bekommen hatte. So lief er weiter, ungeduldig, verwirrt und von Ängsten gequält.
Als er fast am Ende seiner Reise war, neigte sich auch der Tag dem Ende zu. Auf dem westlichen Himmel lag nur noch hier und dort ein Fleck Farbe, und als er weiterging, verblaßten auch diese Flecken oder versanken hinter dem Horizont. Als er den von Bäumen überwölbten Pfad erreichte, war alles Tageslicht vergangen, und er mußte beim Laufen aufpassen, daß er nicht gegen einen Baum stieß, weil er gar nichts mehr sah.
Ich werde nicht wissen, ob ich vor oder hinter der Tür bin, dachte er, diese Dunkelheit ist so tief. Aber, dachte er auch, ich muß schon nahe der Tür sein, denn vom Fluß, dessen Geräusche mir auf dem Hinweg aufgefallen sind, ist jetzt nichts mehr zu hören. Er hörte und sah nichts, Dunkelheit und Schweigen waren von unverminderter Tiefe, in der das eine Teil des anderen zu sein schien. Er ging wieder weiter, und nach ein paar stolpernden Schritten hörte er eine Stimme, die ihn so steif werden ließ wie es ein Baumstamm ist.
»Wer kommt da?« fragte die Stimme.
Er erinnerte sich an die Parole, die er gehört und nachgesprochen hatte, als sie hereingekommen waren, und ant-

wortete umgehend: »Ein Mann hier auf dem Durchzug!«
»Um so schwerer ist der Durchzug!« erwiderte die Stimme lässig.
Mit zwei Schritten war er an der Stelle vorüber, von der aus die Stimme zu ihm gedrungen war. Da wußte er: er war durch die Tür des Feenlandes geschritten; er war zurück in der Welt der Menschen.

ZWANZIGSTES KAPITEL

Hier kannte er sich aus und wußte nun, wo er war. Er begann in die Richtung zu laufen, in welcher der Rasen von Cruachan liegen mußte. Und obwohl er manchmal stolperte und mehrmals hinfiel, obwohl er sich an den Steinen schlug und die Hände an den Dornen aufriß, rannte er doch weiter, denn er war wunderbar erregt von den Abenteuern, die hinter ihm lagen, und er wünschte sich von ganzem Herzen, wieder einmal Menschen zu sehen.
Sich eilend, erreichte er den Rand der Rasenfläche. Außerhalb des Lichtkreises, den die Fackeln warfen, blieb er stehen und schaute. Es schien ihm einfach unglaublich, daß das, was er da sah, wirklich sein sollte, und doch war es so deutlich erkennbar, daß sich sein Vorhandensein nicht bestreiten ließ.
Alles war noch unverändert so wie es gewesen war, als er von dem Rasen zum Galgenhügel aufbrach. Die Fackeln warfen unter den Zweigen der Bäume lange goldene Flammen, und das Feuer vor dem Zelt loderte mit goldenen Zungen in die Luft. Ailill, der König, lag ausgestreckt in der Öffnung des Zeltes und starrte noch hinaus in die Dunkel-

heit, als wolle er sie mit seinem angestrengten Nachdenken zerteilen. Und die anderen Leute, Männer und Frauen und Diener, bewegten sich friedlich und geschäftig in der Umgebung des Zeltes.
Nera trat aus dem Schatten, und als er näherkam, sah ihn Ailill, rief ihn an und begrüßte ihn.
»Nun, mein liebes Herz, du bist also zurückgekommen?«
»Ich bin gekommen, um meine Belohnung zu holen«, sagte Nera mit unterdrückter Erregung.
»Die sollst du bekommen, mein Lieber. Aber du mußt uns auch alles erzählen, was du erlebt hast, denn ich ahne, du wirst viel erlebt haben.«
»Nein, nein«, rief Maeve, »wenn es da eine Geschichte zu erzählen gibt ...«
»Es gibt tatsächlich eine Geschichte«, unterbrach sie Nera, und legte in die Hand des Königs den wilden Knoblauch, die Schlüsselblumen und den goldenen Farn.
»Bei meiner Seele!« sagte der König und schaute erstaunt drein. Er blickte auf den dahingeschwundenen Sommer.
»... Das darf nicht während des Festmahls erzählt werden«, fuhr Maeve fort. »Aber bei dem Bankett, das dem Festmahl folgt, können wir zuhören, während köstliche Getränke ausgeschenkt werden, die ich habe bereitstellen lassen.«
Während sie sprach, kamen die Diener und Kellermeister ins Zelt. Sie brachten mächtige Schüsseln und Körbe, und von dem Dampf, der aufstieg aus den Schüsseln, drang ein so verlockender Duft in die Luft, daß die Zungen aller Anwesenden augenblicklich über ihre Lippen glitten und sie alle, wie auf Verabredung, zu den Tischen und Bänken gingen, die um das große Zelt herum aufgestellt standen.
Es wurde ein großes und herrliches Festessen. Alles, was Maeve zuvor versprochen hatte, wurde noch übertroffen, denn sie hatte nicht einmal die Hälfte der Speisen, die man

auftrug, erwähnt, noch hatte sie etwas von dem Feuer ihres Metes und ihres Weines gesagt.

Sobald das Essen vorbei war, begann das Bankett. Als sich alle versammelt hatten und mit den von ihnen bevorzugten Getränken versorgt waren, sprach Ailill zu Nera: »Komm zu uns unter den Baldachin des Thronsessels, mein Lieber. Du hast gewiß merkwürdige Dinge zu berichten.«

Nera ging hin, und man reichte ihm ein Gefäß, das vier Henkel hatte und mit Ale gefüllt war. Als er auf die Gesundheit von Maeve und Ailill und die der ganzen edlen Gesellschaft getrunken hatte, wurde das Gefäß abermals aufgefüllt für ihn, und jetzt trank er zu seinem eigenen Vergnügen.

Dann begann er, von seinen Abenteuern zu erzählen.

Sobald er zu sprechen angefangen hatte, breitete sich Schweigen im Zelt aus, und nach geraumer Zeit beugten sich alle vor und starrten ihn an. Das Schweigen war so vollständig, daß, wenn eine Nadel zu Boden gefallen wäre, ein jeder es gehört und dabei zornig die Stirn gerunzelt hätte. Sie vergaßen das Ale und hörten nur noch zu; sie vergaßen das süße Fleisch und den glühenden Wein, der aus fernen Ländern gekommen war. Sie hingen an seinen Lippen, als hätten sie aufgehört, Männer und Frauen zu sein, als bestünden sie nur noch aus Ohren.

Als er dann mit seiner Geschichte zu Ende war, lief ein tiefes Seufzen durch das Zelt, und dann trank jeder mit seinem Becher oder Pokal dem anderen zu. Sie schienen versunken in einen Irrgarten, der halb aus Verwunderung und halb aus Traum bestand.

»Das ist eine herrliche Geschichte«, sagte Maeve, »und ich könnte sie gleich noch einmal hören. Aber«, fuhr sie fort und lächelte Nera an, »auch ich habe honigfarbenes Haar. Und es gibt einige, die meinen, ich hätte rosige Wangen und sei auch recht begehrenswert.«

Ailill seufzte und stand dann auf. Er nahm das Schwert mit dem goldenen Knauf ab und sagte: »Meine gute Seele, du hast diese Belohnung verdient, und kein besserer Mann wird je dieses Schwert tragen als der, dem ich es jetzt gebe.«
»Nicht doch«, rief Maeve aufgebracht, »ich bin es, die Nera dieses Schwert verleiht. Denn ich bin Königin von Connacht, und ich vergebe die Geschenke in diesem Land.«
Sie nahm ihrem Mann das Schwert ab und schaute Nera so freundlich an, daß dieser ganz verlegen wurde und nicht wußte, wo er hinschauen sollte. Dann gürtete sie ihn mit der Waffe, und als sie sich herabbeugte, drang der Duft aus ihrem Haar zu ihm, und von ihren weißen Schultern der Geruch ihrer Haut, und obgleich er davon erregt und glücklich wurde, war es doch nicht Maeve, an die er dachte, während er auf ihren edlen Kopf hinsah; er dachte an seine wunderbar lächelnde Freundin in Tir na n'Óg, die nun die Tage zählen und darauf warten würde, daß er durch die Tür das sonnenbeschienene Haus betrat.
»So, so«, sagte Ailill nachdenklich, »der König der Feen von Uaman meint also, er könnte Connacht überfallen. Wir werden am nächsten Samhain ihn zu empfangen wissen.«
»Ich werde in sein Feenreich eindringen, wie ich das ja zuvor auch schon einmal getan habe«, sagte Maeve wild, »und wenn ich diesmal abziehe, wird nicht mehr viel geblieben sein, worüber dann Ethal Anbual noch regieren kann.«
»Wann habt Ihr die Feen von Cruachan angegriffen?« fragte Fergus, »von diesem Überfall habe ich nie gehört.«
»Ihr werdet noch davon hören«, sagte Maeve, »ich selbst will Euch diese Geschichte erzählen.«
Sie nahm auf dem Thronsitz Platz, trank eine kleine Schale Met, das Glockenseil wurde gezogen, und es trat wieder Ruhe ein.

EINUNDZWANZIGSTES KAPITEL

Maeve erzählte:

In Tagen, die längst vorbei und vergangen sind, ruhte sich Angus mac an Óg, der Sohn des Dagda Mór, aus im Brugh. Er besaß die Gabe ewiger Jugend und wurde deswegen ›mac an Óg‹ genannt – Der Sohn der Zwei Jungen. Er besaß die Gabe ewiger Schönheit, und man nannte ihn auch ›Das Wunder‹; er besaß die Gabe der Magie und war auch bekannt als ›Der Neidische‹.

Wenn er verreiste, wurde er von einem Schwarm Vögel begleitet, die über ihm kreisten und zwitscherten. Daher weiß man beim Anblick eines Schwarms kreischender und zwitschernder Vögel, alle verrückt vor Energie und Überschwang, daß der Sohn des Dagda gerade vorbeikommt, und man tut gut daran, seiner Schönheit und seiner Jugend und seinen Fähigkeiten als Zauberer Reverenz zu erweisen.

Nun geschah es, daß Angus sich im Palast seines Vaters, dem Brugh an der Boyne, im Feenreich von Ulster, aufhielt, den er damals seinem Vater noch nicht abgeluchst hatte. Es hatte ein Festessen gegeben an diesem Abend, mit einem Bankett danach, mit Musik und Gesang und rezitierenden Dichtern.

Nach dem Bankett ging Angus zu Bett, aber er konnte noch nicht schlafen. Er starrte in die Dunkelheit seiner Kammer, fragte sich, warum er immer noch wach liege und fand keinen Grund dafür. Er war bei guter Gesundheit und guten Mutes, nichts hatte sich zugetragen, was seine Seele betrübte.

Irgend jemand, dachte er, übt einen Zauber gegen mich. Und wenn ich dazu nicht aufstehen müßte, würde ich einen Gegenzauber versuchen, um so diesen Einfluß zu zerstören, oder ich würde wenigstens feststellen, woher meine Unruhe kommt. Nun denn, sagte er sich, daß ich einmal nicht schlafen kann, ist nicht so schlimm. Ich habe schon so viel Zeit meines Lebens verschlafen und werde noch mehr Zeit verschlafen.

Während er das dachte, wurde es hell im Zimmer, und er sah eine Gestalt, die in einigem Abstand von seinem Bett stand. Der junge Gott richtete sich auf, stützte sich auf den Ellenbogen und sah die Gestalt eindringlich an.

Er wußte, daß sie nicht wirklich war, denn Wirkliches geschieht nicht auf solche Art und Weise; er wußte, daß es kein Traum war, denn er war ja wach. Er schloß deshalb, daß dies eine Vision sein müsse. Vielleicht hatte sich auch der Zorn von jemandem, der auf ihn wütend war, personifiziert und suchte ihn nun heim.

Die Erscheinung sprach nicht, und auch Angus sagte kein Wort. Sie sahen einander an und erkannten jeder im anderen das, was man in der Welt für das Schönste hält und das einem deshalb zum Ziel allen Verlangens wird.

Angus versank in ein Hinstarren wie ein Fisch, der im Wasser taucht. Er vergaß alles außer diesem herrlichen Gesicht, auf das er schaute. Er vergaß auch, daß es sich ja nur um eine Vision handelte, und er konnte sich nur daran erinnern, daß er immer weiter und weiter hingesehen hatte und so in dieses Hinsehen versunken gewesen war, daß er nicht nur mit den Augen, sondern mit jeder Faser seines Seins und mit allen Fähigkeiten seines Bewußtseins hingeschaut hatte.

Er verlor sich in diesen Anblick. Er ertrank darin, und als die Vision schwand, konnte er sich nicht aus seiner Starre und Konzentration befreien.

Dunkelheit hüllte aber schließlich sein Bewußtsein ein und ermöglichte es ihm, seine Kräfte zurückzuziehen und so wieder Herr seiner Selbst zu werden.

Er sank zurück auf sein Bett, voller Freude, voller Verwunderung und Grübeln, und sein Herz schlug vor Glück so heftig, daß es fast aus seiner Brust sprang. Lange lag er in der Stille und Dunkelheit und versuchte, sich diese nie zuvor gesehene Schönheit wieder zu vergegenwärtigen.
Die Stunden der langen Nacht vergingen in einer Ekstase des Staunens, in Erinnerung an all das erblickte Glück. Aber als es tagte und alle Dinge ungewiß und farblos wirkten, änderte sich seine Stimmung mit diesem Wechsel, der ihm vor Augen trat und es fiel ihm ein, daß er ja gar nicht wisse, wer da zu ihm gekommen sei, daß er keine Ahnung habe, wo sich das liebliche Geschöpf aufhalte, noch sagen könne, ob sie, die ihm da erschienen war, je zu ihm zurückkehren werde. Denn er wußte, daß Dinge, die an einem Ort beginnen, sehr wohl ihre Fortsetzung an einem anderen finden können, um schließlich weit entfernt von beiden zu enden; und daß der ganze Vorgang jedem anderen unbekannt geblieben war – nur das einsame Herz, angefüllt mit seinen eigenen Erlebnissen, war von ihm betroffen worden.
Als er das Bett verließ, war er traurig deswegen, und er fühlte sich so niedergeschlagen, daß es allen Feenwesen auffiel. Schließlich bemerkte es auch seine Mutter. Sie hieß Boann* und war die Frau des Großen Guten Gottes.

* Boann: der Fluß Boyne

ZWEIUNDZWANZIGSTES KAPITEL

Boann befragte Angus mac an Óg, aber seine Antworten klangen ausweichend und verwirrt, so daß sie schließlich die fruchtlose Fragerei aufgab und versuchte, eine andere Lösung für die Probleme ihres Sohnes zu finden.

Probleme waren es wirklich. Er wurde krank davon, redete nicht mehr, schaute niemanden an, antwortete nicht mehr, wenn ihn jemand ansprach. Er konnte dann für einen Augenblick den Fragenden so betrachten, als wundere er sich, daß eine so zudringliche Person sich überhaupt mit ihm in einem Zimmer befand. Darauf blickte er weg, starrte irgendwo weit in die Ferne, auf etwas, das offenbar nur er sah.

Die Ärzte des Feenlandes wurden zugezogen, aber gegen sein beharrliches Schweigen vermochten auch sie nichts auszurichten. Anscheinend existierten sie auch gar nicht für ihn, und er selbst schien in der Welt, in der sie real waren, nicht zu existieren.

Unter ihnen befand sich ein Arzt, der Fergne hieß. Er war ein kluger Bursche. Nicht nur er kannte sich in jenen Krankheiten aus, die den Körper befallen, er wußte auch so manches über die Erkrankungen, die in der Seele ihre Ursachen haben. Als er nun Angus eine Weile beobachtet hatte, war ihm klar, daß die Ursache seines Leidens nicht physischer Art war. Er sprach mit Angus und zwang ihn, zuzuhören, indem er einfach viel redete.

»Wißt Ihr, Angus, mein Lieber, niemand liegt zu Bett, dessen Körper so gesund ist wie Eurer. Ich glaube einfach, daß die Ursache Eurer Probleme in Eurer Seele zu suchen sind, daß etwas Euch die Energie aus den Gliedern zieht und auch noch alle Vortrefflichkeit aus Euch saugen wird, wenn Ihr nicht endlich etwas dagegen unternehmt.«

Dann ging er fort und sagte zu Angus' Mutter: »Der Junge ist verliebt. Das ist alles.«

»Aber er war immer verliebt!« rief Boann. »Verliebt zu sein ist bei ihm der Normalzustand.«

»Der Normalzustand ist, daß man ihm Liebe schenkt«, erwiderte Fergne, »aber diesmal enthält ihm jemand Liebe vor. Also wird er vor Verlangen und vor Enttäuschung krank.«

Boann und Fergne suchten gemeinsam den armen Angus auf.

»Freude meines Herzens«, sagte Boann ernst, »wir wissen jetzt, was dir fehlt.«

Angus lächelte sie mit zornigem Unglauben an.

»Du bist gar nicht krank«, sagte seine Mutter, »du bist verliebt.«

Und dann, weil nämlich alle, die verliebt sind, andere Leute für närrisch halten, lächelte Angus nicht mehr. Er schaute voller Bewunderung auf seine Mutter und gab zu, sie habe recht. Da nun aber jemand, der sich als Verliebter entdeckt sieht, nicht still sein kann, erzählte er von der Vision, die er in der Nacht nach dem Bankett gehabt hatte, und wie er in einer Trance von Bewunderung und Entzükken zugelassen habe, daß sie verschwunden sei. Er sagte ihr auch, er werde sterben, wenn er das Mädchen nicht wiederfinde. Er sagte und wiederholte das, und schließlich mußte seine Mutter ihn zum Schweigen bringen, weil er gar nicht mehr aufhören konnte, davon zu reden.

»Liebling«, sagte sie, »ich kenne alle Frauen von Irland. Aber ich kenne nicht eine, die dieser Person im geringsten ähnlich sieht.«

Fergne erklärte, daß Angus mac an Óg eigentlich eine Beschreibung gegeben habe, die auf jede Frau der Welt zutreffe, und er ließ sich weiter über dieses Thema gegenüber Angus aus: »Wenn dein Rehkitz wenigstens einen

Buckel auf dem Rücken hätte oder ein lahmes Bein, wenn sie einäugig wäre oder am ganzen Körper Warzen hätte, wenn sie mondsüchtig wäre oder durch und durch verrückt, dann wüßten wir wenigstens, wonach wir zu suchen hätten. So aber«, fuhr er zu Boann gewandt fort, »ist dies eine endlose Suche, die uns bevorsteht. Und da eine endlose Suche eine Suche ohne Ende ist, ist es völlig sinnlos, damit überhaupt zu beginnen.«

Sie erfuhren dann, daß der Dagda von seinem Besuch der Feenprovinzen Irlands zurückgekehrt sei. Also gingen Boann und Fergne zu ihm. Sie stellten ihm dar, in welchem Zustand sich sein Sohn befand, und erklärten, sie seien ratlos.

DREIUNDZWANZIGSTES KAPITEL

Der Dagda Mór bedachte die außergewöhnliche Lage.

»Und Angus weiß nicht, wer das Mädchen ist?« fragte er.

»Ganz recht.«

»Wenn er es wüßte«, sagte der Dagda, »könnten wir seinen Verstand anzapfen und uns so die nötigen Informationen beschaffen. Aber da er es nicht weiß, hat das gar keinen Sinn. Der Junge hat sich selbst in diese Krankheit hineingeritten, er muß auch selbst wieder herausfinden.«

»Etwas Weiseres läßt sich schwerlich sagen«, stimmte Fergne zu.

Doch Boann war nicht zufrieden. »Wir müssen etwas tun«, beharrte sie.

»Mach einen Vorschlag«, sagte der Dagda.

Boann riet nun, der Dagda solle Angus Visionen aller schönen Frauen unter den Feen von Irland vorführen, und wenn das nichts nütze, aller schönen Frauen von ganz Irland.

»Es ist eine umständliche und langwierige Sache«, meinte der Dagda.

»Dann schlag etwas anderes vor«, sagte sie. Aber ihm fiel nichts anderes ein, und so kam man überein, es mit diesem Experiment zu versuchen.

»Ich muß im Zimmer sein, wenn die Visionen vor ihm erscheinen«, sagte der Dagda, »damit ich weiß, wer diese Schöne ist. Der Junge selbst ist nicht zurechnungsfähig. Er könnte glatt vergessen, welche Frau unter allen die Gesuchte ist, und dann müßten wir noch einmal von vorne beginnen.«

»Ich will auch dabei sein«, sagte Boann, »ich möchte doch wissen, welche unter allen Frauen Irlands es fertigbringt, jemanden krank zu machen allein dadurch, daß sie sich rar macht.«

»Ich«, rief Fergne aufgeregt, »muß die Visionen auch zu sehen bekommen. Ihr müßt wissen, mir ist nichts so wichtig wie hübsche Frauen. Und endlich bekomme ich mal welche in Hülle und Fülle zu Gesicht.«

Der Dagda überlegte: »Und in welcher Rang- und Reihenfolge sollen die Damen erscheinen?« fragte er.

»Die Königinnen zuerst«, rief Boann, »dann die regierenden Prinzessinnen, darauf Prinzessinnen durch Geburt, dann Prinzessinnen aus Schönheit und schließlich ...«

»Das gefällt mir nicht. Das würde Wut und Eifersucht unter den Feenfrauen hervorrufen, denn keine von ihnen, außer der allerersten, wäre mit dem Rang, den man ihr zuweist, zufrieden. Mach einen anderen Vorschlag.«

»Dann laß sie nach ihrem Alter auftreten«, riet Boann.

»Sie sind alle zwanzig Jahre alt«, gab der Dagda zu bedenken, »wer immer das bestritte, würde sich die Betreffende

zum Todfeind machen. Weitere Vorschläge?« – »Mir fällt nichts mehr ein«, seufzte Boann.
»Und Ihr?« fragte er, an Fergne gewandt.
»Mir schon.«
»Dann laßt hören!« rief Dagda.
»Mein Vorschlag wäre«, sagte Fergne, »ordnen wir das Defilee nach dem Körperumfang der Damen. Bei den Dicken verfahren wir in aufsteigender, bei den Dünnen in absteigender Reihenfolge.«
»Und wenn dann eine kommt, die so dünn ist, daß man sie gar nicht mehr sieht?« fragte der Dagda.
»Solche Täubchen braucht man erst gar nicht vorzuführen«, erwiderte Fergne.
»Bleibt doch noch eine Frage«, fuhr der Dagda fort. »Bei dieser oder jener könnte man sich darüber streiten, ob sie zu den Dicken oder zu den Dünnen gehört?«
»Dann laßt diese Leckerbissen nach ihrer Haarfarbe auftreten. Die goldhaarigen Schönen machen den Anfang, zuerst kommt Altgold, dann Neugold, bei den Dunkelhaarigen nimmt man erst die mit den helleren Tönen an die Reihe, danach die dunkleren. Entsprechend verfährt man bei den braunhaarigen Täubchen. Für ausgesprochen rothaarige Zauberinnen empfehle ich eine eigene Abteilung.«
»Das ist ein guter Rat«, sagte der Dagda, »so wollen wir es halten.«

VIERUNDZWANZIGSTES KAPITEL

Das Schema wurde Angus erklärt, und er war damit einverstanden, daß man es so versuchte. Er war so erpicht darauf, das Mädchen wiederzusehen, daß er jeder Einteilung zugestimmt hätte, bei der zu erwarten war, daß ihm ihre Lieblichkeit wieder vor Augen kam.

Außerdem schämte er sich, daß er, ein Meister der Magie, so unachtsam gewesen und überrumpelt worden war, daß er angesichts der Erscheinung die Grundlehren und das ABC seiner Kunst vergessen hatte. Dies, so wußte er, würde ihm die betreffende Dame bestimmt nicht so ohne weiteres verzeihen.

Er legte sich also hin, um sich die Visionen anzuschauen. Seine Mutter setzte sich auf die eine Seite der Couch, auf der anderen Seite saß Fergne, und am Kopfende, zwischen der Liege und der Wand, stand sein Vater.

»Wenn du das Mädchen siehst, gib bitte ein Zeichen«, sagte der Dagda. Angus Óg nickte.

»Ich werde«, sagte Fergne, »mir die Betreffende besonders genau ansehen.«

Durch die Macht des Dagda verschwand die Sonne, die sich in das Zimmer hinein ergossen hatte, und einen Augenblick saßen sie im Dunkeln. Dann glühte in der Dunkelheit ein Licht, das etwa die Farbe von geschmolzenem Gold hatte und man sah hindurch in purpurnen Dunst. Während alle durch das strahlende Gold auf das Purpur hinstarrten, tauchte dort eine Gestalt auf. Sie trat in das goldene Licht, und es schien, als gehe das Licht von ihr aus, so schön und stolz war sie. Man dachte sich, wenn sie wieder verschwindet, wird die Welt dunkel sein, weil etwas in ihr fehlt.

»Das ist Fand, die Tochter von Bove, des Königs der Feen im Reich der Leute von Femen«, sagte Boann.
»Ob das nun die Richtige oder die Falsche ist«, sagte Fergne, »ich rate dazu, daß Angus sie rasch nimmt. Denn bei meiner Schwerthand! Eine Schönere als sie wird er unter dem Licht des Tages nicht mehr zu sehen bekommen.«
Aber Angus sagte nichts, und die Vision verblich wieder.
»Diese da«, erklärte Boann bei der nächsten Erscheinung, »ist Ailne mit der weißen Schulter. Eine Prinzessin der Feen von Leinster.«
»Sie ist lieblich wie eine Rose«, sagte Fergne, »sie ist gesund wie eine Forelle, und sie riecht so gut wie eine Herbstnuß. Wenn Angus mit der Kleinen nicht zufrieden ist, wird ihn keine zufriedenstellen.«
»Und diese da«, sagte Boann bei der nun Folgenden, »ist die Herrscherin über die Feen von Meath.«
»Sie ist eine immerwährende Freude!« rief Fergne. »Kann man sich ein schöneres Kind vorstellen? Das muß das Mädchen sein, nach dem Angus sich sehnt. – Warum habt Ihr dieses Täubchen nur flattern lassen?« rief er voller Bedauern, als die nächste Vision erschien. »Zeigt Ihr der Perle der Welt die kalte Schulter?« fügte er empört hinzu, als Angus nichts sagte. »Aber jetzt«, drängte Fergne, »jetzt müßt Ihr doch das Zeichen geben. Jetzt müßt Ihr sagen: das ist die Königin.«
Danach gab Fergne verzweifelt auf und versuchte nicht mehr, Angus zu beeinflussen.

FÜNFUNDZWANZIGSTES KAPITEL

Ich sehe«, erklärte der Arzt, »daß ihr mit den rundlichen Frauen begonnen habt. Und es muß doch einmal gesagt werden, daß von allen Geschöpfen üppigen Frauen die Krone gehört. Denn sie machen uns das Herz leicht und erfüllen unseren Geist mit Phantasien. – Es gibt«, sagte er später, »freilich auch manches zugunsten der schlanken Frauen zu sagen. Die Grazie ihrer Bewegungen ist unendlich eindrucksvoll. Sie hat Kurve und Fluß. Und wie agil diese schlanken Damen sind!« murmelte er gedankenvoll. »Wie scharf trifft uns der Reiz ihrer blühenden Jugend! Aber«, setzte er wieder an, »Gold ist die einzige Haarfarbe, die einer Frau steht. Nur mit Gold sind sie angemessen gekrönt. – Und doch«, murmelte er, »wie gewinnend auch braunes Haar sein kann. Welch scheues Leuchten an diesen Zöpfen hängt. Wie zärtlich sie vom Herzen empfunden werden! – Edel«, behauptete er darauf, »ist die Dunkelheit, die sich auftürmt und triumphiert über die Dämmerung. Majestätisch sind die schwarzhaarigen Heldinnen. Voller Ausgelassenheit und Lieblichkeit sind ihre glänzenden Locken. – Und doch ziehe ich die rothaarigen Königinnen allen anderen Königinnen vor«, begeisterte er sich, »sie wärmen diese Welt. Sie sind der wahre Honig der Lust.«

Die Visionen kamen und gingen. Angus starrte sie in einem Fieber von Hoffnung und Verzweiflung an. Frauen jeden Alters erschienen, von wilden jungen Füllen, die höchstens ihre fünfzehn Jahre alt sein mochten, bis zur massigen, großartigen Dame um die Vierzig. Es gab Frauen von geradezu königlicher Körperfülle, die sich so kraftvoll als Visionen darstellten wie ein Schiff unter schwellenden Segeln draußen auf dem Meer. Es gab andere, plump wie mit Mais gefütterte Tauben, agil wie Hasen, die, während sie vorbeizogen, Wind zauberten und dann ihre Seele aufsteigen ließen, um mit dem Wind zu reisen. Wieder andere hatten vehemente und bezaubernde Bewegungen, etwa so wie wilde Schwäne auf dem Wasser.

Augen sahen Angus an, die stolz und strahlend waren. Augen, unterwürfig wie die von Tauben, weich, wie der Blick des Rehes, funkelnde und vorwärtsschauende Augen sahen auf ihn hin, wie Adler, die geradewegs in die Sonne blicken. Augen, die Qualen hervorriefen, Augen, die Boshaftigkeit ausstrahlten oder eigensinnigen Stolz. Augen, die versprachen, verlockten, schmeichelten, herausforderten, Augen, die zufrieden, gleichgültig oder neugierig dreinblickten.

Sie kamen und gingen, und bei jeder, die auftauchte, nannte Boann den Namen und Fergne murmelte seinen Segensspruch.

»Hier«, konnte er sagen, »ist eine Taube, die selbst Angus mac an Óg zufriedenstellen müßte.« – Und dann wieder: »Sieh an! Diese Handvoll Nüsse! Diese wahre Baumblüte!« Oder: »Dir geb ich die Palme. Denn du bist gewiß die Einsame Beere aus dem Gebirge.« Er rief auch: »Jetzt gebt ein Zeichen, denn das hier ist der Morgenstern; hier ist die Lieblichkeit, die den Tag ankündet.«

Doch Angus ließ sich von solchen Anfeuerungen nicht beeindrucken. Nur manchmal ließ er ein Stöhnen hören, ein andermal seufzte er, als habe sich sein Herz in eine Seifenblase verwandelt, die in die Luft aufgestiegen und dann von ihm wieder eingeatmet worden sei.

Über ein Jahr und einen Tag hin setzten sich diese Visionen fort, und schließlich waren Angus die Frauen aller irischen Feen vorgeführt worden und ebenso waren alle Frauen von Irland vor ihm erschienen.

Die Frauen und Töchter der Prinzen, die lieblichen Gefährtinnen der regierenden Häuptlinge, die reizenden anverwandten Damen der Recken und Kämpen von Gael waren an ihm vorbeigezogen; aber jene, die Angus suchte, hatte sich unter ihnen nicht gefunden. Als die Visionen vorüber waren, schloß er die Augen und ließ sich auf das Bett zurücksinken. Er verfiel in Schweigen, und eine Verzweiflung überkam ihn, die nun doppelt so groß war wie vorher.

SECHSUNDZWANZIGSTES KAPITEL

Mehr kann ich dann auch nicht tun«, sagte der Dagda.

»Niemand könnte das«, bestätigte Fergne.

»Es gibt keine Frau in den beiden Welten Irlands, die ich meinem Sohn nicht vor Augen geführt hätte, und wenn er mit keiner von ihnen zufrieden ist, kann er überhaupt nicht zufriedengestellt werden.«

»Sehr wohl!« sagte Fergne, »wir hören die Wahrheit.«

»Ach was!« beharrte Boann, »das Kind ist krank.«

»Macht einen Vorschlag!« forderte der Dagda.

Die ganze Zeit über war sie unruhig gewesen, hatte sich bewegt, war aufgesprungen, hatte sich wieder hingesetzt. Selbst der Dagda hatte es bemerkt. »Du Herz im Herzen der Welt!« rief der Dagda. »Sag mir, was dich umhertreibt und aufregt, daß du weder sitzen noch stehen kannst?«

»Ich habe zuviele Frauen gesehen«, erwiderte Boann. »Ich muß jetzt irgendwohin, wo sich ihr Anblick wieder aus meiner Vorstellung tilgt.«

»Gewiß . . .«, begann Fergne in einem Ton von Staunen und Klage.

»Ich will jetzt«, sagte Boann, »meinen männlichen Dienern zusehen, wie sie rasch und gewandt ihre Arbeit tun. Ich will mir unsere Soldaten ansehen, wie sie sich auf den Krieg vorbereiten, wie sie springen und laufen. Ich will kurzes Haar auf dem Kopf und langes Haar unter dem Kinn sehen. Ich will kahle Schädel sehen ...«

»Nun ja«, sagte Fergne, »das nenne ich wünschen!«

»Ich will in die Augen von Stieren sehen, die nicht blinzeln, flirten oder sich zieren. Ich will stramme Beine sehen«, rief sie. »Also werde ich mir eine Weile Pferde und Hennen, Ziegen und Schafe und Krieger betrachten.«

»Was die strammen Beine angeht«, sagte Fergne eifrig, »ich kann Euch versichern ...«

»Ich möchte mir«, fuhr sie fort, »harte, eckige und unbequeme Dinge ansehen, denn mein Sinn ist bewölkt, und in meinem Mund spüre ich einen schlechten Geschmack, ausgelöst von diesem schier endlosen Anblick von Weiblichkeit.«

»Es gibt nichts«, beteuerte Fergne, »was in gleicher Weise wie Balsam für die Seele wirkt und wie Pfeffer die Einbildungskraft befeuert ...«

»Ich begreife recht gut«, sagte Boann, »warum Angus nicht mit dem Finger oder Blick auf eine von ihnen weist. Frauen an sich sind widerwärtig, haarig und lächerlich.«

»Darin liegt keine Weisheit«, sagte Fergne, »da fehlt der gesunde Menschenverstand.«

»Und«, fuhr sie fort, »sofern sie nicht lang, zickig und reizlos sind, sind sie bestimmt kurz, gedrungen und wabblig. Ich muß jetzt fort, bis ich vergessen habe, daß sie alle sich unter den Lebenden befinden. Ich muß mich vergewissern, daß es noch wahre Männer auf dieser Welt gibt, denn mir sind bei diesen Visionen, was die guten Dinge des Lebens angeht, Zweifel gekommen.«

Boann ging fort in einem Zustand der Erregung und des

Zornes, der Fergne erwarten ließ, daß er in Kürze zwei Patienten haben werde, und daß die Krankheit der Mutter ihm mehr zu schaffen machen werde als die des Sohnes.

SIEBENUNDZWANZIGSTES KAPITEL

Nun«, sprach der Dagda, »ich weiß wirklich nicht, was ich noch tun soll, denn ich habe Angus alle vorhandenen Frauen gezeigt. Und wenn mein Sohn wirklich eine Vision hatte, muß es irgendwo eine Frau geben, die wir noch nicht besichtigt haben.«

»Dies«, stellte Fergne fest, »ist eine einleuchtende Zusammenfassung des Tatbestandes. Es muß irgendwo im Verborgenen eine beachtliche Perle liegen ... Ein Täubchen, das sich bescheiden im Blattwerk verbirgt.«

»Habt Ihr Vorschläge zu machen?« fragte der Dagda.

»Das habe ich.«

»Dann macht sie.«

»Das ist nicht schwer«, sagte Fergne, »und dies schlage ich vor: einer von unseren Vasallen ist berühmt für sein Wissen um Visionen, Erscheinungen und Zauberei.«

»Wer ist das?«

»Es ist Bove der Rote, König des Feenvolkes der Men of Femen. Wenn wir ihn um Hilfe bitten, werden wir bald den Zauberer zu fassen bekommen, hinter dem wir her sind.«

»Dann wollen wir einen Boten an ihn schicken«, befahl der Dagda, »und ihm ausrichten lassen, daß wir dem Boten in Kürze folgen und bei unserem Eintreffen eine schlüssige Antwort auf unsere Frage von ihm erwarten.«

»Es könnte sein«, fuhr Fergne fort, »daß Bove die Visionen noch einmal herbeizitieren muß. Deshalb will ich selbst mitgehen, um den Anblick der schönen Frauen nicht zu versäumen.«

Er brach mit dem Boten auf, und nach angemessener Zeit folgten der Dagda und Angus. Sie kamen zu dem Feenvolk, über das Bove in Munster regierte. Man erwies ihnen alle Achtung, brachte sie in den Palast, gab für sie ein Festmahl, das drei Tage währte, und nach dem Festessen ein Bankett zu ihren Ehren.

ACHTUNDZWANZIGSTES KAPITEL

Während des Banketts überkam den Dagda Niedergeschlagenheit, und obwohl Bove jede mögliche Unterhaltung für ihn aufgeboten hatte, nahm die Niedergeschlagenheit des Gottes so zu, daß er den Leuten um sich herum nicht mehr gelassen zuhören konnte.

»Gott meines Herzens«, sagte Bove voller Verzweiflung, »dieses Bankett gebe ich Euch zu Ehren.«

»Ich kann es nicht ändern«, erwiderte der Dagda. »Ich bin beunruhigt und verschreckt und habe starkes Verlangen zu weinen.«

»Dann weint«, riet Fergne, »denn dort, wo bei jemandem ein Überschuß an Salz im Blut ist, wird er durch das Weinen abgebaut. Und deswegen«, fuhr er fort, »weinen Frauen häufiger, sind im großen und ganzen aber auch gesünder als Männer.«

»Ich merke schon«, sagte der Dagda, »das Herz des Herzens der Welt hat recht gehabt. Wir haben in diesen Visionen zuviele Frauen gesehen. Und ich fürchte, daß ich immer

Depressionen bekomme, wenn ich mich zu lange ausschließlich mit diesem Geschlecht befasse.«
Fergne starrte ihn an: »Was Ihr nicht sagt!« stöhnte er ganz erschüttert.
»Meine Frau ist auch der Ansicht.«
»Was mich angeht«, versicherte Fergne, »so habe ich mich nie in meinem Leben besser gefühlt als jetzt. Und bei meiner Schwerthand! Wenn ich diese lieblichen Visionen noch einmal sehen könnte, würde ich mich sogar noch besser fühlen. Es gibt nichts, was mir so wohl tut und mir derart auf die Beine hilft wie der Anblick von Frauen, die von Gesundheit und Schönheit strotzen.«
»Wohl bekomm's«, sagte der Dagda mit einem Anflug von Resignation.
Bove war daran gelegen, den Dagda wieder ins Gespräch zu ziehen, weil er meinte, damit lasse sich wahrscheinlich noch am ehesten verhindern, daß dieser endgültig in Depression verfalle.
»Aber«, rief er Fergne zu, »seid Ihr wirklich der Meinung, daß Salz für den Körper schädlich ist?«
»Alles, was im Überfluß in den Körper gelangt, und alles, was zu lange im Körper verbleibt, muß wieder ausgeschieden werden; und ob es nun Salz oder ein Schatz ist: wir müssen uns dessen wieder entäußern oder wir werden krank an Körper und Seele.«
»Aber wie steht es nun mit dem Salz?« beharrte Bove. »Was empfehlt Ihr uns da zu tun?«
»Wir sollten in diesem und in allen anderen Fällen genau das tun, was die Frauen tun. Laßt uns weinen«, sagte Fergne.
»Laßt uns weinen«, wiederholte Bove mißmutig.
»Jedermann sollte einmal am Tag weinen«, fuhr Fergne fort, »und am besten am Morgen. Es wird seinen Geist säubern und seine Augen durchwaschen.«

»Ich wüßte nicht, wie ich jetzt weinen sollte«, meinte Bove mit Bedauern. »Ich habe längst vergessen, wie man so etwas macht.«

»Für solche Notfälle sind die Ärzte ja gerade da«, sagte Fergne. »Ich werde Euch sagen, wie Ihr weinen könnt.«

»Gebt uns ein Rezept!« rief der Dagda.

»Am Morgen«, verordnete Fergne, »beschafft Ihr Euch eine Zwiebel. Ihr haltet sie nahe vors Gesicht und zerteilt sie mit der blanken Waffe. Auf diese Weise werdet Ihr dann bestimmt weinen können.«

»Werde ich dann auch so gesund wie eine Frau?« fragte Bove.

»Fast so gesund, nicht ganz«, fuhr Fergne fort, »denn die Gesundheit einer Frau hängt in Wahrheit von dem Ausmaß an Zuneigung ab, die sie von einem Mann empfängt. Nur verliebte Frauen sind gesund.«

»Verlaßt Euch darauf, ich werde mir bestimmt eine Zwiebel und einen liebenden Mann besorgen«, versicherte Bove.

Aber an diesem Punkt brach der Dagda in Lachen aus. Auf ein Zeichen von Bove wurde ein Trinkgefäß mit Wein gebracht. Es hatte die Ausmaße eines größeren Ackers und die Tiefe eines Gebirgssees, und daraus stieg ein Duft auf wie der von einer Wiese voller Klee, auf den die Sonne nach einem Regenguß scheint.

Der Dagda beugte sich über den Wein und schlürfte ihn so glücklich, daß die Flüssigkeit schäumte und Tausende von Blasen über den Rand des Gefäßes tanzten.

»Wahrlich, mein gutes Herz«, sagte er, »Ihr habt mich weinen gemacht, und meine Tränen sind salzig.«

»Trinkt nichts davon«, befahl Fergne. »Verleibt Euch nicht wieder ein, was Ihr nach meinem Rat ja gerade ausscheiden sollt.«

»Soweit«, sagte Bove, der den Dagda beschäftigt halten wollte, »soweit haben wir einen ausgezeichneten Rat erhalten. Wir könnten ja nun Weinwettkämpfe bei Festen und

Turnieren abhalten. Zwölf Männer weinend gegen zwölf Frauen. Und der Gewinner erhält als Preis eine Zwiebel. Aber ich fürchte, wir brauchen noch weiteren Rat.«
»Ihr macht Euch über mich lustig«, sagte Fergne, »und wenn der, der lacht, weint, werdet Ihr schon noch meine Vorschrift befolgen. Ich will über Euer Gelächter hinwegsehen. Ich bin immer bereit, dem einen guten Rat zu geben, der ihn von mir erbittet.«
»Nein«, erwiderte Bove, »diesmal ist es der Rat unseres Gebieters, den ich suche.«
»Erzählt mir von Euren Sorgen, mein Lieber«, forderte ihn der Dagda auf.

NEUNUNDZWANZIGSTES KAPITEL

Bove erzählte:

Es war einmal ein Mann in meinen Diensten, der hieß Friuc. Er hatte eine großartige Begabung Schweine zu mästen und war überhaupt in allem außerordentlich befähigt, was mit Schweinen zu tun hatte. Niemand konnte ein Schwein veranlassen, so willig dahin zu gehen, wohin man es haben wollte, wie Friuc. Jeder, der etwas von Schweinen versteht, weiß, daß ein Schwein am liebsten eine Meile in jene Richtung läuft, die es sich selbst aussucht, und daß es außerordentlich schwer ist, es zu veranlassen, auch nur einen Fußbreit in die Richtung zu traben, in die man es haben möchte. Das kommt daher, weil Schweine ein unbegrenztes Vertrauen in sich selbst haben, aber jedem anderen Geschöpf mißtrauen und außerdem haben sie auch nicht das geringste Zutrauen zu den Göttern.

Doch dieser Friuc konnte mit einem Schwein machen, was er wollte. Sie rieben ihre Schnauzen an seinem Bein, wie das Schoßhündchen tun. Wenn sie sich zum Schlafen anschickten, wollten sie ihre Köpfe in seinen Schoß legen; und wenn sie Friuc liebten, so liebte Friuc sie auch.

Er mochte ungeduldig werden, wenn es sich um einen Verwandten handelte – bei einem Schwein wurde er nie ungeduldig. Er mochte ein Pferd anschreien, das ihm auf den Fuß trat, von einem Schwein hätte er sich auffressen lassen. Nun weiß man ja, daß ein Schwein fast alles frißt. Aber ihr hättet in ganz Munster kein Schwein gefunden, das seinen Zahn an Friuc gelegt hätte. Höchstens voll Zuneigung.

Angesichts seiner Begabung und seines Verständnisses für Schweine wurde Friuc zum Obersten Schweinehirten ernannt.

Nun geschah es, daß der König einer der Westlichen Feenreiche, Ochall Oichne, ebenfalls einen berühmten Schweinehirten hatte. Der Mann hieß Rucht. Und wenn es nicht Friuc gegeben hätte, wäre diesem Rucht von Connacht niemand im Schweinehüten gleichgekommen. Er war ein Wunder. Die beiden waren die besten Schweinehüter im Feenreich.

Es gab einige Leute, die behaupteten, Friuc sei der bessere Mann von beiden, aber mindestens ebensoviele hielten dies für unrichtig und erklärten, Rucht müsse die Siegespalme zugesprochen werden. Diese berühmten Schweinehirten waren früher einmal befreundet. Sie trafen sich häufig, um merkwürdige Beobachtungen an Schweinen miteinander zu diskutieren.

Wann immer in Munster reiches Mastfutter von den Bäumen gefallen war, gab Friuc Nachricht nach Connacht, und Rucht brach auf, spielte auf seinem Dudelsack und führte die Tiere, die gemästet werden sollten, in die guten Buchenwälder von Munster.

Friuc tat das, weil er Rucht gern mochte, aber mehr noch tat er es, weil er es einfach nicht ertrug, sich vorzustellen, daß ein Schwein nicht das bekam, was gut für es war.

Andererseits: bei guter Waldweide in Connacht – aber dererlei ist selten – lud Rucht dann Friuc und seine Schweineherden ein, und diese galoppierten in die Wälder des Westens, fraßen die Mast von Connacht und grunzten vor Vergnügen und Dankbarkeit.

Doch Finsterlinge waren darauf aus, Zwietracht zwischen den Freunden zu säen; es gibt immer solche Leute, die es nicht mit ansehen können, wie Freundschaft gedeiht; Leute, deren Trachten auf Mißvergnügen, Gewalt und Krieg gerichtet ist, und diese Leute brachten es schließlich zuwege, daß Mißgunst zwischen den beiden Schweinehirten aufkam.

DREISSIGSTES KAPITEL

Es war reiches Mastfutter in den Wäldern von Munster gefallen.

Niemand konnte sich erinnern, daß es in der Vergangenheit jemals zuvor einen üppigeren Bucheckernfall gegeben hatte. Unter den Buchen war der Boden mit den Kernen in den braunen Schalen übersät und tief im Wald, wo das Wachstum dicht ist, die Sonne aber noch hinkommt, lagen sie drei Fuß tief. Sogar in anderen Teilen des Waldes, in denen der Wind etliche Bucheckern forttrug, fand sich die Nahrung der Schweine im Überfluß.

Also trieb man die Schweine von Munster, jedes Schwein, und auch die des Königs, in den Wald, und Friuc war bei ihnen. Und während die Schweine dort weideten, erhob

sich unter den Bäumen ein Geräusch, das einen fast taub werden ließ. Es drang hin durch ganz Munster und übertönte jeden anderen Laut im ganzen Königreich.
Wenn man es aus der Ferne hörte, klang es wie eine aufgewühlte See, wie ein Donnersturm, der gegen die kreisförmige Felsküste hämmert und dessen Anbranden Widerhall auslöst. Die Leute, die nahe dem Wald lebten, wurden verrückt von der Wucht der Geräusche. Und unter dem Eindruck, daß auch sie Schweine seien, schossen sie in den Wald und hausten dort zusammengepfercht unter den Schweinen.
Jene, die weiter entfernt lebten, gaben ihre Behausungen auf und flüchteten in die Ferne. Andere wiederum, die noch weiter fort wohnten, stopften sich Pfropfen aus Heu in die Ohren, weil sie das Gebrüll nicht mehr aushalten konnten. Es erschien ihnen gar nicht mehr so laut, sondern als Stille. Dennoch war es unangenehm.
Tag und Nacht hielt der Spektakel, der sich aus Quieken und Schreien, aus Grunzen und Stöhnen, lautem nasalen Pfeifen und tiefem lustvollem Gurgeln zusammensetzte, an; am Ende waren die einzigen Geschöpfe, die in Munster noch in Zufriedenheit lebten, die Schweine – und Friuc. Er ging entspannt unter seinen Tieren umher, schaute dem einen auf die Schnauze und jenem auf die Haxe; versorgte hier ein eingerissenes Ohr und dort eine Zitze. Er war glücklich.
Er hatte einen Boten zu Rucht geschickt, um ihm von diesem Freudenfest zu berichten und den Kollegen eingeladen, mit seinen Herden herüberzukommen.
Rucht kam. Er spielte eine süße, rustikale Weise auf seinem Dudelsack, und die Schweine von Connacht wieselten hinter ihm drein in mächtigen Scharen. So groß war die Herde, daß kein Anfang und kein Ende zu erkennen war, sondern nur Schweine, die jeweils mit ihren Schnauzen an

die Schwänze derer stießen, die vor ihnen liefen. Die Schweine von Connacht galoppierten und machten ausgelassene Sprünge. Sie mußten niesen von dem Staub, den sie selbst aufwirbelten.
Sie zogen ihrem geliebten Herren und Meister hinterdrein, und in gewissen Abständen gab jedes von ihnen die Art von Geräusch von sich, für das es besonders begabt war. So zogen sie in die Buchenwälder von Munster und verschwanden dort. Aber wenn man sie auch aus den Augen verlor, so konnte man sie doch nur zu deutlich hören.

EINUNDDREISSIGSTES KAPITEL

Schon bevor die Schweine aus Connacht dort eintrafen, war das Gebrüll nervenzerfetzend gewesen. Jetzt aber war es ein Geräusch, für das es keine Beschreibung mehr gibt. Pfropfen aus Heu im Ohr nützten überhaupt nichts mehr. Das Trommelfell der Leute platzte in ihren Schädeln und spritzte in Augen und Nasen der Nachbarn.
Jene, deren Ohren hinreichend abgehärtet waren, nahmen ihre Beine in die Hand und rannten: Pell-mell, hotschpotsch, holterdiepolter durch verstopfte Straßen. Sich mit Knüffen und Fußtritten Platz schaffend, rannten sie los, bis sie in das Leinster der Gelehrten kamen, dort bogen einige in Seitenwege ab, westwärts von Connacht, während andere wiederum nach Norden, zu den grimmigen Zwingburgen von Ulster flohen. Es war eine wunderbare Zeit. Eine wilde Zeit, eine Zeit der Verrücktheit. Es gab Leute, die riefen: »Tod den Schweinehirten!« Andere wieder brüllten: »Vernichtet alle Schweine!«
Klagen folgten. Wenn ein Mann ein Haus betrat und ein

Stück Speck sah, das von einem Balken herabhing, ging er mit Brummen rückwärts aus dem Haus und rannte, bis ihm die Luft ausging. Wenn ein Mann auf einem Feld einen Kohlkopf wachsen sah, so erinnerte ihn das unwiderstehlich an eine Scheibe Schinkenspeck. Er pflegte dann mit beiden Füßen solange auf dem armen Kohlkopf herumzutrampeln, bis von diesem auch nicht mehr das geringste übriggeblieben war.
Soviel davon.
Friuc und Rucht befanden sich dort, wo sie am liebsten waren – unter Schweinen. Das Geräusch der Schweine war für sie kein Geräusch. Es war gegenseitiges Verständnis, etwas, das es wert ist, wahrgenommen zu werden. Es ermattete sie auch nicht, denn sie waren sich der unendlichen Abstufungen von Tönen innerhalb aller Geräusche bewußt. Und in den Intervallen des Schweigens, die geräuschloser waren als der Donner des Jüngsten Gerichts und nur wenig geräuschvoller als ein Wirbelsturm, beschrieben sie ihre Eindrücke mit Worten, um so einander an der Freude, die sie beide empfanden, teilhaben zu lassen.
Auf diese Weise verging der erste Tag, und am Abend legten sich Friuc und Rucht auf den Rücken von vier Schweinen schlafen, die sich so vollgefressen hatten, daß sie weder Haxe, noch Borste, noch die Ohren bewegen konnten. Gut schliefen die Kameraden und ruhten so bis zur Morgendämmerung.

ZWEIUNDDREISSIGSTES KAPITEL

Es waren die Schweine, auf denen sie lagen, die sie aufweckten, und obwohl die Sprache der Schweine nicht von jedermann verstanden wird – Friuc und Rucht konnten sie verstehen. Und dies war es, was die Schweine sagten: »Lieblinge aller Lieblinge, Schoßtiere der Schweine der Welt, steigt von unseren Rücken, denn wir haben unsere Nahrung verdaut, und es gibt noch mehr davon zu fressen.«

Und dann rollten sie recht vorsichtig ihre Herren und Meister auf den Boden und stimmten wieder ein in das andauernde erfreute Grunzen. Nun ist es ein seltsam Ding: Wenn eine Frau am Morgen aufwacht, fühlt sie sich unbehaglich, ist aber fröhlich. Wenn hingegen sich Männer an einem neuen Tag erheben, werden sie ins Unglück hineingeboren, denn am frühen Morgen ist ein Mann immer bei schlechter Laune und dazu aufgelegt, Beleidigungen zu entdecken.

Friuc und Rucht waren zwei männliche Wesen, bei denen es nicht anders war. Sie standen auf und hatten sehr schlechte Laune. Jeder der beiden fuhr dann am besten damit, auf eine Stelle zu blicken, auf der niemand stand. An diesem Morgen konnten sie nicht frühstücken, denn sie hatten vergessen, sich etwas mitzubringen. Auch dieser Mangel trug erheblich dazu bei, daß sich ihre schlechte Laune noch steigerte.

Rucht, der Gast, bildete sich ein, daß Friuc als Gastgeber sich hätte um das Frühstück kümmern müssen, und Friuc war davon ausgegangen, daß ein Mann, der von so weit her komme, verständig genug sei, Proviant bei sich zu führen. Nun sah sich aber der Mann aus Connacht nicht in der Lage, über ein Thema zu sprechen, das seinen Gastgeber erbittern könnte. Ein Mann aus Munster hingegen ist zu höflich, um über einen persönlichen Mißstand zu reden, ehe er ihn nicht abgestellt hat.

»Sie behaupten in Connacht«, bemerkte Rucht, »daß du ein besserer Schweinerhirte seiest als ich.«

»Und sie sagen mir hier in Munster«, erwiderte Friuc, »du seiest der bessere von uns beiden.«

»Sie wollen Zwietracht zwischen uns säen«, erklärte Rucht mit einem Seufzer, »aber das wird ihnen nicht gelingen.«

»Das ist wahr«, stimmte Friuc sorgenvoll zu. »Sie versuchen uns auseinanderzubringen. Den Gefallen werden wir ihnen nicht tun. Aber«, fuhr er nach kurzer Pause mit tiefer, nachdenklicher Stimme fort, »trotzdem ...«

»Trotzdem was?«

»Nichts. Mir fiel nur gerade etwas ein.«

»Ich mag es nicht, wenn jemand so vieldeutig ›trotzdem‹ sagt«, erklärte Rucht.

»Du mußt es ja nicht mögen«, gab Friuc zurück.

»Worauf willst du hinaus?« fragte Rucht aufgebracht.

»Ich will auf das hinaus, was ein Mann aus Connacht traf, als er auf einen Vogel zielte: nämlich überhaupt nichts.«

»Trotzdem!« erinnerte ihn Rucht finster.

»Nun, wenn du wirklich wissen willst, was ich gedacht habe, werde ich es dir sagen. Ich denke, jene Leute, die behaupten, ich sei der beste Schweinehirte, haben recht, selbst wenn sie aus Connacht stammen.«

»Ich denke ganz ähnlich«, sagte Rucht, »nur eben genau umgekehrt.«

»Ich werde beweisen, daß ich recht habe«, sagte Friuc.

»Beweise es«, wetterte sein Gefährte.

»Die Schweine sind hier«, fuhr Friuc fort, »und sie können hier bleiben. Aber kein einziges Schwein aus Connacht wird auch nur einen Fingerbreit Fett auf seine Connachter Rippen bekommen, wieviel auch immer es frißt, und der

Himmel weiß, daß ein Schwein aus Connacht fast soviel frißt wie ein Mann aus Connacht.«

Und genau das geschah, denn Friuc legte einen Bann auf die ausländischen Schweine. Je mehr sie aßen, desto dünner wurden sie. Es war, als würden sie Hunger fressen, während die Schweine von Munster ausgezeichnet gediehen. Jedes der Schweine von Munster hatte zunächst ein dreifaches Kinn, bald ein sechsfaches und nach einer weiteren Weile hatten sie Speckfalten bis hinab zu ihren Zehen. Ihre Mägen blähten sich auf, bis sie bis auf die Erde reichten und die Schweine im Stehen schlafen mußten. Ihre Augen waren umpolstert von Fett, daß sie nur noch geradeaus schauen konnten. Ihre Schwänze verschwanden unter der überlappenden Rundung ihrer Schinken.

DREIUNDDREISSIGSTES KAPITEL

Was nun aber das Schwein aus Connacht anging: je mehr es aß, desto magerer wurde es. Es hatte zunächst ein Bäuchlein gehabt wie ein Barde aus Leinster und ein Kinn wie das Baby des Königs. Aber das Doppelkinn verlor sich mit einem Schlag, und das Bäuchlein verkroch sich bald darauf im Nabel.

Es wurde mager wie ein Wolf im Winter, die Knochen traten hervor wie die Stacheln bei einem Igel. Sein Schädel wurde mager wie ein Beil und spitz wie ein Speer. Seine Beine wurden schmächtig wie die eines jungen Fohlens. Seine obere Anatomie war ganz Brust, und wie bei einem gehetzten Hund hatte es keinen Bauch mehr. Sein Schwanz stand vor und wies abwärts wie ein Stück naßge-

wordene Schnur, die man an einen Knochen angeklebt hat. Ein Ringelschwänzchen gab es nicht mehr.
So sah das aus bei einem und bei allen.
Als sie nun so mager wurden, überfiel sie eine Freßwut, die erschreckend war. Dabei waren sie von einer Agilität, der man gar nicht mehr folgen konnte. Man sah, was sie taten, aber nicht wie sie es taten, denn es ging zu schnell.
Sie sprangen zu einer Stelle hin, an der Futter lag, verschlangen es mit hundert raschen Bissen und rannten von dort zu einem anderen Fleck mit der Geschwindigkeit eines Rehes und der Wildheit eines Bären.
Ihr Hunger war derart, daß sie vor Wut schrien, und die Luft pfiff durch ihre langen mageren Schnauzen wie der Wintersturm durch ein Loch.
In Munster war niemand mehr außer ein paar tauben Männern; sie erlangten ihr Gehör wieder; das heißt, das Geräusch kam so heftig über sie, daß sie ihre Heilung verfluchten, während sie flohen. Die Leute in Leinster, das ja weit entfernt liegt, steckten sich Pfropfen in die Ohren, wenn sie schlafen gehen wollten, aber sie fanden auch so nicht eine Mütze voll Schlaf.
Die Krähen, die lange Zeit mit den Schweinen um die Wette gefressen hatten, gaben es auf und wanderten aus. Nicht ein Vogel saß mehr auf irgendeinem Baum, kein Tier befand sich noch in seiner Behausung. Die Würmer in Munster gingen in den Untergrund, und vielleicht sind sie dort verendet.
Die Fische in den Bächen und Flüssen stießen sich ihre Nasen ein und brachen sich ihre Kiemen, weil sie stromaufwärts zu schwimmen versuchten gegen die Tide. Sie trieben zurück, mit den Bäuchen nach oben – tot.
Es begann zu regnen. Der Lärm brachte auch den Regen zur Strecke.
Aber die Schweine von Connacht hörten nicht auf zu fres-

sen. Sie quietschten, sprangen, pfiffen, schlangen, sie hörten nicht auf damit bei Tag und nicht bei Nacht, solange, bis es nichts mehr zu fressen gab. Die Weide überstand diesen wilden Ansturm nicht. Die Tiere säuberten den Wald von aller Mast in einem Tag und einem halben.
Sie fraßen die Blätter, die zu Boden gefallen waren. Sie bissen die Rinde der Bäume ab; zuerst in der Nähe des Bodens, später aber sprangen sie auch höher hinauf, und sie konnten plötzlich springen wie Katzen. Sie rupften das Gras aus und verschlangen es. Sie fraßen Lehm.
Sie säuberten den Wald von allem Schweinekot. Sie sammelten mit ihren Mäulern die Steine auf und kauten auf ihnen herum, bis sie Zahnweh bekamen.
Sie stießen die Schweine von Munster um, die zu fett waren, um von allein wieder auf die Beine zu kommen und knabberten an ihren Haxen herum, während sie hilflos dalagen. Sie hätten wohl auch die Jungen aufgefressen, aber das konnte Friuc nicht ertragen, und er hinderte sie daran.
»Hau ab mit deinen Schweinen!« schrie er Rucht an. »Fort mit ihnen aus meinen Wäldern! Ich will sie nicht mehr hier sehen! Nie mehr sollen sie einen Fuß auf mein Land setzen, und dasselbe gilt auch für dich!«
»Ich werde gehen«, erwiderte Rucht, »aber ich weiß, was du getan hast, und auch, wie du es getan hast. Ich kann das auch«, sagte er. »Hier kannst du krähen, aber komm du mir nach Connacht! Ich werde es auch deinen Schweinen besorgen! Wie du mir, so ich dir, du Mistkerl aus Munster!« brüllte er.
»Mach dich aus dem Staub!« rief Friuc, »raus aus Munster!«
»Schon in Ordnung«, erwiderte Rucht, »glaubst du, ich hätte Lust, mich in einer Gegend aufzuhalten, in der ein Mann nicht mal ein ordentliches Frühstück vorgesetzt bekommt und die Schweine Wind fressen – kommt, wir

gehen!« rief er dann seinen Schweinen zu. Heulend, weinend und quietschend liefen sie zu ihm. Er setzte sich an ihre Spitze und begann eilig wie ein Hase davonzulaufen.

VIERUNDDREISSIGSTES KAPITEL

Er hielt nicht inne, bis er in Connacht war, aber jener Streifen Land, der sich von den Buchenwäldern in Munster zu den Schweineställen von Connacht erstreckt, war nach diesem Durchzug noch für Jahre eine Wüste. Denn die Schweine von Connacht fraßen das Land ritzeratzekahl. Dann nahm Friuc die Herausforderung von Rucht auf und folgte ihm mit seinen Schweinen.

Doch in Connacht hatte er nichts zu lachen. Und die Schweine von Munster wurden so mager, daß man sehr genau hinsehen mußte, um sie überhaupt noch zu erkennen. Man mußte sie von der Seite betrachten und dies längere Zeit. Und auch dann sah man nur einen Strich.

So begann die Feindschaft zwischen den Schweinehirten. Die Schweine beider Provinzen waren verdorben, so daß ich damals Friuc erklärte, ich könne ihn nicht weiter beschäftigen. Ochall Oichni entließ Rucht ebenfalls.

Aber die Schweinehirten empfanden keine Reue. Es ging ihnen auch nicht um ihre Anstellung. Sie hatten mehr als genug damit zu tun, einander zu jagen. Damit waren sie hinreichend beschäftigt. Und sie jagten sich Tag und Nacht.

Wo immer sie einander trafen, kämpften sie miteinander, und obwohl einer den anderen jeweils bis an den Rand des Todes drängte, vermochte doch keiner von beiden seinen Gegner vollends in den Abgrund zu stoßen.

Sie veränderten ihr Aussehen, weil sie meinten, in anderer Gestalt hätten sie vielleicht bessere Chancen. Aber auch so vermochte keiner von beiden einen Vorteil über den anderen zu erringen. Der eine biß und der andere riß, und der Riß war so schlimm wie der Biß.
Sie zwangen einander, ihre Verwandlung aufzugeben und abermals andere Gestalt anzunehmen. Sie kämpften als Vögel. Sie stritten als Meeresgetier, da hießen sie Hai und Wal. Sie wurden Gespenster und nannten sich Schatten und Leid. Und danach waren sie Drachen, und in diesen Gestalten kämpften sie wild miteinander. Sie brachten es fast dahin, den anderen zu töten oder zu vierteilen, aber keiner konnte voll und ganz den Sieg über den anderen erringen.
Sie können keine Ruhe finden, bis entschieden ist, wer von ihnen mehr kann. Und so streiten sie miteinander schon seit sieben Jahren.
»Was machen sie denn jetzt?« fragte der Dagda.
»Sie sind Stiere, und sie befinden sich beide in Connacht, getrennt voneinander in starken Ställen. Sie leben im Feenreich von Ethal Anbual und längere Zeit haben sie Ruhe gehalten.«
»Und was meintet Ihr mit dem Rat, den Ihr haben wolltet?« fragte Fergne.
»Ich wollte wissen, wie man aus diesen Feinden wieder Freunde macht.«
»Schweine waren der Grund für ihr Zerwürfnis, also müssen Schweine auch der Grund für ihre Versöhnung sein. Füttert sie mit Schinkenspeck«, sagte Fergne.
»Sie sind nicht wirklich Feinde«, meinte der Dagda. »Sie wollen nur wissen, wer von ihnen der bessere Mann ist. Das ist nicht eine Frage von Haß. Es geht um eine Tatsache, und wenn sie dieses Faktum festgestellt haben, werden sie auch wieder Freunde sein. Aber sie haben sich die Bürde

der Beweislast aufgeladen, und nun müssen sie diese tragen und keiner kann ihnen helfen.«
Bove war mit dieser Äußerung zufrieden. Nicht, weil sie ihm geholfen hätte, sondern weil er merkte, daß sich die Niedergeschlagenheit des Dagda verloren hatte. Und er hatte die Geschichte ja vor allem erzählt, um seinen Herrn und Meister fröhlich zu stimmen.
Musikanten, Tänzer und Gaukler wurden gerufen, und der Dagda geriet in so gute Laune, daß er ihnen reiche Geschenke machte; und als die Gesellschaft sich spät in der Nacht trennte, gingen alle fröhlich aufgelegt ins Bett, der Dagda aber schlief in geradezu ausgelassener Stimmung ein.

FÜNFUNDDREISSIGSTES KAPITEL

Am Tag, der dem Bankett folgte, erkundigte sich der Dagda bei Bove, was die ihm übertragenen Nachforschungen ergeben hätten. »Jenes Mädchen«, fragte er, »das meinen Sohn Angus so sehr beschäftigt – was habt Ihr über sie herausgefunden?«
»Ich weiß, wo das Mädchen steckt«, sagte Bove.
»Bin ich nicht ein guter Ratgeber!« rief Fergne freudig.
»Wer ist sie?« fragte der Dagda.
»Sie heißt Caer, Tochter des Ethal Anbual, König der Feen von Uaman im Königreich von Connacht; sie befindet sich im Feenreich ihres Vaters am See des Drachenmauls, ganz in der Nähe jenes Ortes, den man ›Die Harfe von Cliach‹ nennt.«
»Nun«, sagte Fergne, »dann kann Angus sich ja dorthin begeben und seinen Schatz holen.«

»Ich habe keine Kraft!« rief Angus mac an Óg eingeschüchtert. »Ich bin vom Wünschen verzehrt und kann meinen Willen nicht beherrschen.«
»Wir sollten uns erst einmal Klarheit verschaffen«, fuhr der Arzt fort, »ob das tatsächlich auch das richtige Mädchen ist, denn wenn wir jetzt wieder einen Fehler machen, ist zu erwarten, daß die ganze Angelegenheit in schierer Verzweiflung endet.«
»Ruft sie her als Vision«, schlug er mit Begierde in der Stimme vor.
Und so geschah es. Der Dagda zauberte zuerst eine Dunkelheit und dann ein goldenes Strahlen, und schließlich schauten sie durch den purpurnen Nebel, der jenseits des Strahlens lag. Sie sahen einen Streifen Sandstrand im Sonnenschein und dahinter bewegtes Meer, und auf dem Strand hüpfte eine Gruppe Mädchen herum. Unter ihnen war eine, etwas größer als die übrigen, und wenn die anderen schön waren, so war jene so schön, daß man sie kaum ansehen konnte. Sie blendete das Auge, wie es die Sonne mit ihren Strahlen tut, und erfüllte den Geist mit solcher Herrlichkeit, daß niemand, der sie angesehen hatte, sie je vergaß noch an etwas anderes dachte als an solche Schönheit.
»Gebt Ihr nun endlich das Zeichen?« fragte Fergne. »Wenn Ihr es nicht tut, dann tu ich es.«
»Ich liebe sie mehr als alles, was ich sonst auf der Welt liebe«, sagte Angus, »sie ist die Krone der Seele, die Erfüllung all meiner Wünsche.«
»Das ist sie!« rief Fergne. »Ich schwöre bei meiner Schwerthand, sie ist alles, was gesagt worden ist, und alles, was nicht gesagt worden ist, und ihr gebe ich die Palme.«
Die Vision verblaßte und Angus saß zwischen Bove und Fergne da, und sie waren alle verwirrt angesichts dieses Wunders.

SECHSUNDDREISSIGSTES KAPITEL

»Warum hat Ethal Anbual seine Tochter vor mir verborgen gehalten?« fragte der Dagda.

»Er war der Meinung, Ihr hättet kein Recht, sie von ihm zu verlangen«, erwiderte Bove.

»Es stimmt, daß ich kein Recht dazu habe«, sagte der Dagda, »und deswegen gibt es in dieser Sache nichts mehr zu sagen, und wir können heimgehen.«

»Aber der Junge!« sagte Fergne. »Den Jungen wird das zugrunderichten.«

»Habt Ihr einen Vorschlag zu machen?« fragte der Dagda.

»Ich wüßte etwas«, warf Bove ein.

»Was denn?« fragte der Dagda.

»Es wäre falsch von uns, etwas zu tun, wozu wir kein Recht haben«, sagte Bove, »und deswegen werden wir es nicht tun.«

»Wir werden es gewiß nicht tun«, stimmte Fergne zu.

»Aber es gibt andere Leute, die das Recht dazu haben, Unrecht zu tun.«

»Wie das?« fragte Fergne aufgebracht.

»Unrecht ist die Grundlage ihrer Existenz«, sagte Bove.

»Was für Leute sind das?« fragte der Dagda.

»Die Sterblichen«, erwiderte Bove.

»In der Tat«, rief Fergne, »ich habe nicht oft gehört, daß jemand Wahrheit und Weisheit redet. Aber diesmal höre ich es mit beiden Ohren.«

»Gib den Sterblichen einen Tag Macht!« rief Bove. »Sie werden das Mädchen für uns holen, und aller Ärger hat ein Ende.«

»Wer ist König der Sterblichen in Connacht?« fragte der Dagda.

»Es gibt nicht eigentlich einen König«, erwiderte Bove, »es gibt eine Königin und ihren Prinzgemahl.«
»Und diese Königin?«
»Sie ist Maeve, Tochter des Großkönigs von Irland: Sie ist die edelste unter allen Königinnen der Welt, sie ist die schönste Frau unter der Sonne.«
»Diese Königin muß ich mir wirklich einmal näher betrachten«, sagte Fergne.
»Wir werden Maeve von Connacht zum Samhain-Fest besuchen«, sagte der Dagda, »denn zu dieser Zeit stehen die Türen offen zwischen den Welten, und wer immer es wagt ... Würde diese Königin es wagen, das Feenland zu betreten?«
Bove antwortete entschieden: »Es gibt nichts, was Maeve von Connacht nicht wagen würde, denn sie ist nicht nur schön, sie ist auch sehr mutig.«
»Dann will ich mich ihres Beistandes versichern«, verkündete der Dagda.
»Nun, Angus, mein Herz«, rief Fergne voll Wohlwollen, »Ihr könnt schon anfangen gesund zu werden, denn wenn Ihr die Kleine auch noch nicht in Euren Armen haltet, ist ihr doch dieses Schicksal beschieden, und sie kann Euch nicht entkommen.«
»Ich fühle mich auch schon viel besser«, sagte Angus, »tatsächlich fühle ich mich schon fast gesund.«
»Aber«, erklärte Fergne, »die Person, die ich zu sehen wünsche, die ich sehen muß, wäre diese mutige und liebreizende Königin. Ich bin sicher, sie ist wie die Seidenwolle der Schafe, wie der Frühduft des Weißdorns. Wie sieht denn die Schöne aus?« fragte er. »Dunkel, schlank und von mittlerer Statur?«
»Sie ist groß und hat beachtliche Rundungen«, erwiderte Bove. »Sie hat ein langes Gesicht, ist bleich, und ihr Haar schimmert wie Gold.«

»So sollte sie auch sein«, stimmte Fergne zu, »genauso habe ich sie mir vorgestellt.«
Alle stimmten nun Bove zu.

SIEBENUNDDREISSIGSTES KAPITEL

Das Fest des Samhain kam heran, und als sie nur noch drei Tage von dem Festtag trennten, brachen der Dagda, Angus, Bove und Fergne nach Connacht auf, und Krieger, eine Kompanie auf sechzig Streitwagen, begleiteten sie.
Sie erreichten Connacht am Mittag des bewußten Tages noch vor dem Festmahl, und ein Bote wurde ausgeschickt in den Palast, um mit Ethal Anbual zu verhandeln. Doch der König der Feen von Connacht ließ sich auf nichts ein.
»Ich weiß schon, was der Dagda will«, sagte er kurz angebunden. »Ich erlaube nicht, daß Angus Óg meine Tochter bekommt.«
Als der Bote zurückkehrte, ging es gegen Abend, und die Zeit, zu der sich die Türen zwischen den beiden Reichen öffnen, war fast herangekommen. Also fuhren der Dagda und seine Gefährten auf ihren Streitwagen zu der Tür im Hügel. Sie passierten sie und setzten ihren Weg fort . . . in die Welt der Menschen hinein.
Vom Hügel bis zum Palast von Cruachan Ai war es nur eine kurze Reise, und fünf Minuten später meldeten die Wachen, daß sich eine Gesellschaft dem Palast nähere. Innerhalb der nächsten Minute wurden die nötigen Vorkehrungen getroffen, um sie angemessen zu empfangen, und wiederum eine Minute später stand der Besuch aus dem Feenland vor den Ringmauern.

Er wurde in den Palast geführt, höflich und mit allen Ehren, und weder die Wachen noch die Haushofmeister oder die Diener hatten je Gäste gesehen, die so würdevoll aussahen, denn sie waren geschmückt mit Feuer und strahlten so wie die Sonne.

Maeve saß auf ihrem Thron in der großen Empfangshalle, aber als der Dagda erschien, wirkte er auf sie so majestätisch und edel, daß sie aufstand und ihm zur Begrüßung entgegenging. Sie bat ihn, auf dem Thron neben sich Platz zu nehmen. Er saß nun zu ihrer Rechten und Ailill, ihr Ehemann, zu ihrer Linken, und auch die anderen Leute aus dem Feenland, die mit dabei waren, erhielten Ehrenplätze.

»Würdet Ihr mir Euren Namen und Euren Rang sagen«, bat Maeve. »Oder sollen wir Herolde rufen, die beides verkünden?«

»Ich bin der Dagda Mór«, sagte ihr Gast. »Ich bin der Großkönig des Volkes der Dana, der höchste Herrscher im Königreich der Toten.«

»Und ich bin Maeve von Cruachan, die Tochter des Großkönigs von Irland und Herrscherin über das Königreich Connacht.«

Die Begleiter des Dagda und Maeves Leute wurden einander in geziemender Weise vorgestellt und dann, da Maeve auch eine berühmte Hausfrau war, wurde ein Festessen aufgetragen, an dem sich über drei Stunden hin alle, die zugegen waren, delektierten, um es darauf laut und lang zu rühmen.

ACHTUNDDREISSIGSTES KAPITEL

Ich meine«, sagte Fergne, der Maeve betrachtet hatte wie jemand, der sich in Trance befindet, »ich meine entschieden, daß diese Königin es mehr wert ist, ein Zeichen zu geben, als selbst noch die Tochter des Ethal Anbual.«

»Die Königin ist verheiratet«, bemerkte Bove.

»Wollt Ihr der Freude des Lebens eine Grenze ziehen?« rief Fergne enttäuscht aus. »Wollt Ihr das Glück anhalten?« Er strich sich seinen Bart, der bis zu seinem Bauch herabfloß wie ein Fluß aus silberner Seide und verlor sich in Nachdenklichkeit.

Der Dagda erzählte dann Maeve jene Geschichte, die bereits erzählt worden ist, und nachdem sie sich mit ihren Räten unterhalten hatte, die ihr nahelegten, sie möge sich aus dieser Sache heraushalten, beschloß sie dennoch, dem Dagda zu helfen.

»Denn«, sagte sie, »ich bin noch nie im Feenreich gewesen, und als Herrscherin von Connacht würde ich dem Herrscher des Feenreiches meiner Provinz gern begegnen.«

Einer ihrer Ratgeber wandte ein: »Aber zwischen den Feen und Cruachan hat immer Frieden geherrscht, und danach werden sich vielleicht die Beziehungen verschlechtern. Und wer weiß, ob der Großkönig der Feen uns dann immer noch vor der Rache der Stämme von Dana schützt.«

»Darauf antworte ich«, erwiderte der Dagda. »Kein Leid wird über Connacht kommen vom Feenvolk. Aber manches davon kann Folgen haben für Connacht, denn keine Handlung findet ihr Ende, bis sie all ihre Möglichkeiten verwirklicht hat.«

»Wenn Ihr mir Sicherheiten gebt, was die Feen betrifft«, sagte Maeve, »so will ich für das gerade stehen, was in Connacht oder in Irland geschieht.«

So wurde es vereinbart, und als die Nacht nahte und die Dunkelheit sich schon herabgesenkt hatte, fanden sie, daß es nun die rechte Zeit sei aufzubrechen. Die Türen ins Feenland standen offen, und eine halbe Stunde später preschte Maeve an der Spitze von tausend Kriegswagen zum Hügel von Cruachan.

NEUNUNDDREISSIGSTES KAPITEL

Sie nahm das Feenreich von Uaman ein, sammelte Beute, plünderte die Schatzkammern. Sie machte Ethal Anbual und all seine Edlen zu Gefangenen und brachte aus dem Feenland zwei junge Rinder mit, von denen das eine ›Weißhorn‹ genannt wurde und das andere ›Der braune Stier‹.

»Diese Rinder«, sagte Ethal Anbual und sah Maeve dabei wütend an, »werden mich rächen.«

»Sie werden tun, was sie können«, erwiderte Maeve, »und damit Ihr eine faire Chance habt, gerächt zu werden, werde ich die beiden Tiere an mich nehmen.«

»Das klingt vernünftig und so, wie es sich für eine Königin geziemt«, sagte Fergne.

»Und«, fragte Bove, »sind unsere berühmten Schweinehirten eigentlich wieder unterwegs?«

»Sind das die beiden, von denen Ihr mir erzählt habt?« fragte Dagda.

»Es sind eben die beiden«, antwortete Bove. »Da gehen Friuc und Rucht in der Gestalt von Stieren.«

»Es werden viele Männer aus Irland und aus Connacht wegen dieser beiden Tiere ins Totenreich kommen«, erwiderte Ethal Anbual.

»Ist das wahr?« fragte Maeve. – »Es ist wahrlich keine Lüge«, erwiderte der Dagda.
»Wir müssen alle einmal ins Reich der Toten«, sagte Maeve, »und ob wir nun wegen der beiden Tiere hinkommen oder aus einem anderen Grund macht wahrlich keinen großen Unterschied. Deshalb will ich die beiden Tiere behalten.«
»Und nun zu Eurer Tochter!« sagte der Dagda.
»Mit meiner Tochter habt Ihr nichts zu schaffen«, erwiderte Ethal Anbual. »Es stimmt, daß ich Euer Vasall bin. Und es gibt Dinge, die ich Euch schulde, und Dienste, zu denen ich Euch verpflichtet bin. Aber mit meiner Tochter hat das nichts zu tun.«
»Das ist die Wahrheit«, sagte der Dagda. »Ich sehe nicht ein, was wir tun können.«
»Ich wünsche nicht, daß meine Tochter Angus mac an Óg heiratet«, fuhr Ethal Anbual fort, »es gibt eine Fehde zwischen Angus und mir, und er soll sie nicht haben.«
»Dann bleibt nichts anderes übrig als wieder nach Hause zu gehen«, sagte der Dagda.
»Aber wir können nicht heim, bis wir nicht ausgeführt haben, weshalb wir gekommen sind«, beharrte Bove.
»Hat jemand einen Vorschlag zu machen?« fragte der Dagda.
»Ja, ich!«
»Dann macht ihn«, drängte der Dagda.
»Wenn dererlei den Sterblichen bestimmt ist«, sagte Bove, »so sollten wir es die Sterblichen tun lassen.«
»Nun ...« rief Fergne.
Doch Maeve fuhr wild dazwischen: »Ich bin gekommen, um dieses Mädchen mitzunehmen, und ich werde nicht eher gehen, bis ich sie habe. Ich halte es außerdem für eine Unverschämtheit«, fuhr sie, mit einem wilden Seitenblick auf Ethal Anbual fort, »sich der Umarmung eines anständigen Mannes, wie Angus es ist, zu verweigern.«

»Das Mädchen macht sich nichts aus Umarmungen«, erwiderte Ethal Anbual eigensinnig.
»Mag sie sich etwas daraus machen oder nicht: man muß sie mir ausliefern, denn bei meiner Schwerthand: ich werde nicht ohne sie abrücken, und die Beute, die ich bis jetzt schon gemacht habe, wird unbedeutend sein gegenüber dem, was wir noch alles plündern werden, falls man uns dieses Mädchen nicht übergibt.«
»Das ist die rechte Art zu reden!« rief Fergne. »Auf diese Weise vermag selbst eine Taube große Taten zu vollbringen.«
»Das Mädchen hat nicht den Wunsch, mit Euch zu gehen«, sagte Ethal Anbual, »ich kann sie nicht zwingen. Sie versteht sich auf Zauber.«
»Wie wollt Ihr wissen, daß sie nicht mit Angus gehen will?« fragte der Dagda.
»Sie hat mir das selbst gesagt«, erwiderte Ethal triumphierend.
»Da ist nichts zu machen«, sagte der Dagda betrübt, »wenn sie nicht gehen will, muß man sie lassen. Zwingen kann man sie nicht.«
»Aber natürlich will sie gehen!« rief Maeve.
»Aber sie hat doch zu ihrem Vater gesagt...«
»Was ein Mädchen seinem Vater sagt, ist selten richtig und nie wahr.«
»Sie hat einen kühlen Kopf wie ein Frühlingsmorgen!« rief Fergne. »Sie kann warmblütig sein wie ein Sommermittag. Jetzt bekommen wir echte Weisheiten zu hören.«
Maeve beugte sich zu Ailill. »Dieser Mann aus dem Gefolge des Dagda gefällt mir wirklich ungemein. Obwohl er alt ist, wirkt er doch noch recht kräftig.« Dann wandte sie sich Ethal Anbual zu. »Wenn Ihr Eure Tochter so unbedingt verstecken wollt, warum habt Ihr dann ihre Vision zu Angus geschickt?«

»Bei meinem Wort!« rief Ethal Anbual. »Ich habe keine Vision geschickt. Und bei meiner Schwerthand! Ich würde nie den Sohn des Dagda etwas von dem sehen lassen, was ich besitze, denn er ist neidisch und ein Dieb.«
»Wenn Ihr die Vision nicht geschickt habt«, sagte Bove, »wer schickte sie dann?«
»Das weiß ich nicht.«
»Das Mädchen selbst«, sagte Maeve. »Sie schickte sie, weil sie wollte, daß Angus sie sehe, sich nach ihr sehne und nach ihr suche.«
»Ja?« sagte Bove.
»Und der Grund, warum sie Angus mac an Óg zu sehen wünschte, war: sie mag ihn.«
»Die Königin bekommt die Palme!« rief Fergne. »Ich gebe das Zeichen bei dieser Königin, denn sie ist der Schlag des Herzens und entschieden die Zungenspitze der Weisheit.«
»Dieser Edelmann da«, flüsterte Maeve Ailill zu, »ist nicht nur nett und höflich und kräftig, er ist auch intelligent.« Und zu Ethal Anbual gewandt, fragte sie: »Wo ist das Mädchen?«
»Sie ist am See des Drachenmauls«, erklärte er mürrisch.
»Geht hin!« rief Maeve Angus mac an Óg zu. »Ihr werdet feststellen, sie wartet auf Euch ... Sie ist schon ganz ungeduldig.«
»Und nun«, sagte sie, zu Ethal Anbual gewandt, »werde ich Euch die Beute zurückgeben, nämlich die Krone von Bruin, den Umhang von Laery und das Hemd von Dunlaing. Denn ich bin nicht gekommen, um das Königreich der Feen auszuplündern, sondern um dem Dagda zu helfen, zwei Liebende zusammenzubringen.«
»Gebt Ihr auch das Weißhorn und den Braunen Stier zurück?« fragte Ethal Anbual.
»Ich gebe sie beide nicht zurück!« rief sie. »Ihr habt mir wegen dieser Tiere gedroht, und gegen Eure Drohung setze

ich meine Verachtung und meine Macht. Und nun«, sagte sie, »will ich heimfahren in mein Land.«
Der Dagda gab ihr drei Küsse, und dies war es, was geschah, als Maeve von Cruachan ins Feenland zog und von dort wieder zurückkehrte.

VIERZIGSTES KAPITEL

Dies ist die Geschichte der Plünderfahrt in das Feenreich von Uaman«, sagte sie zu Fergus. Sie wandte sich Nera zu. »Aber am nächsten Samhain werde ich wieder hinfahren, und diesmal werde ich nichts dort lassen, was es wert wäre, daß ein König darüber herrsche.«
»Sagt mir«, sagte Fergus, »was ist eigentlich mit den beiden Stieren geschehen, die Ihr aus dem Feenreich mitgebracht habt?«
»Das Weißhorn ist hier in Connacht. Es ist das beste Tier in der Herde meines Mannes. Aber der braune Stier ist nicht mehr bei uns. Er ist nach Ulster entlaufen, und das ist auch gut so. Denn Connacht ist nicht groß genug, als daß Platz wäre für zwei solche Tiere. Niemand könnte schlafen, wenn sie zu brüllen anfangen und miteinander kämpfen, und einer oder beide würden wohl das Leben dabei lassen, ehe man dazu kommt, sie zu trennen. Deshalb beklage ich auch nicht diesen Verlust. Aber«, fuhr sie fort, »kein anderer Stier in ganz Connacht wagt es, zu brüllen, aus Furcht und Schrecken vor dem Weißhorn.«
»Und die Drohung des Ethal Anbual, daß großes Unheil durch die beiden Tiere über Irland kommen werde?«
»Das«, sagte Maeve, »mag nun sein wie es sei. – Aber du trinkst ja gar nicht!« rief sie Nera zu.

»Ich muß Euch jetzt bitten, mich gehen zu lassen, ehe die Tür im Hügel sich wieder schließt«, sagte Nera, »denn ich habe meiner Geliebten versprochen, zu ihr zurückzukehren.«

»Wenn du zurückkehren mußt, so mußt du zurückkehren«, erwiderte Maeve. »Wir werden dich noch ein Stück begleiten. Und wir geben dir Grüße an dieses liebliche Wesen, von dem du uns erzählt hast, mit auf den Weg.«

»Und wenn Ihr nächstes Jahr zu Samhain kommt«, sagte Nera, »dann verschont doch bitte ihr Haus.«

»Wir werden dieses Haus um deinetwillen und um ihretwillen verschonen«, antwortete die Königin.

Nera brach auf, begleitet von Maeve und der ganzen Gesellschaft, und als sie den Hügel erreichten, verabschiedete er sich von ihnen und sie gaben ihm ihren Segen mit auf den Weg.

Dann kehrte Maeve nach Cruachan Ai zu ihrem Volk zurück, und Nera ging in das Land der Feen. Und es heißt, er wird von dort auch erst zurückkommen am Tag des Jüngsten Gerichts.

ZWEITER TEIL

DAS FEST DES LUGNASA

ERSTES KAPITEL

Ich«, sagte Fergus mac Roy, »habe viele Abenteuer bestanden, aber an der Plünderung eines Feenreiches habe ich nie teilgenommen.«

»Es ist ein Abenteuer, das sich selten ereignet«, tröstete Ailill seinen Gast.

»Es ist eines«, ergänzte Maeve, »das in Ulster selten geschieht.«

Fergus bewegte sich mit Unbehagen, denn obwohl er Ulster im Zorn verlassen hatte, liebte er doch seine Heimatprovinz und sein einstiges Königreich zärtlich.

»Große und merkwürdige Tagen geschehen in Ulster«, erwiderte er.

»Nun«, sagte Maeve, »das ist gewiß so. Und es ist gewiß auch so, daß große und seltsame Taten an jeder Stelle Irlands geschehen sind. Aber die ganze Welt weiß, wie berühmt Connacht ist durch seine edlen und wundervollen Ereignisse.« Und sie fuhr fort: »Es war Connacht, das ein Land der Feen in der Welt der Götter plünderte, es war nicht Leinster oder Ulster oder Munster. Es war mein eigenes Königreich ... dieses Connacht, und es geschah durch mich selbst ... durch Maeve, eure Königin. Und es war abermals Connacht und mein eigener Onkel, der dies schon einmal zuvor getan hatte.«

»Und wann geschah das zuvor?« fragte Fergus.

»Zu Lebzeiten meines Onkels Eochaid Airem. Er plünderte das Feenreich des Midir.«

»Ich habe viel von Midir und Eochaid gehört, aber nichts von dieser Plünderung«, bemerkte Fergus.

»Geschichtsschreiber in Ulster«, sagte Maeve, »werden immer so knapp gehalten, daß sie sich mehr um ihren Lebensunterhalt kümmern als um die Geschichtsschreibung.«

»Das mag schon sein«, sagte Fergus, »aber ich, den die Götter zu ihresgleichen rechnen, interessiere mich ungemein für dererlei.«
»Nun«, sagte Maeve, »auch wir stammen von Göttern ab. Und ich könnte Euch so manches über sie erzählen.«
»Man lasse das Glockenseil ziehen!« rief Fergus. »Wir müssen diese Geschichte hören.«
Die Königin lächelte ihm zärtlich zu. Sie freute sich über sein Interesse an ihren Gschichten, und die Gesellschaft sprach noch einmal eifrig den Getränken zu und schaute dann erwartungsvoll zum Thron hin.
Und Maeve erzählte:
In den Tagen, die nun vergangen sind und nie wiederkommen werden, schenkte Lugh von der Langen Hand, Meister der Magie und Gott der Götter, die Königreiche der Feen auf Erden seinem Sohn Eochaid mac Elathán genannt Dagda Mór, der Große Gute Gott; und es war Dagda Mór, der König wurde über die Welt und die Unterwelt, bis Angus Óg seine Nachfolge antrat. Der Dagda heiratete Boann, die Tochter des Delbaeth. Diese zwei, der Dagda und Boann, wurden ›Die beiden Jungen‹ genannt. Und der Sohn der ›beiden Jungen‹ war der junge Angus. Als nun Angus mac an Óg noch ein junger Bursche war, schickte ihn der Dagda als Ziehsohn und zur Ausbildung zu den beiden Herren des Feenreiches.
Der eine dieser beiden Herren hieß Elcmar und der andere Midir, Herr des Feenreiches von Bri Leith. Er war Prinz des Landes, Prinz der Weisheit und ein Prinz an Schönheit. Und sein Reich wurde überfallen, erobert und geplündert durch meinen Onkel Echaid Airem, den Großkönig von Irland. Aber das war in unserer Zeit, während die Zeit, von der ich zunächst erzähle, in sehr weit entfernter Vergangenheit liegt.

ZWEITES KAPITEL

Die Götter lieben Frauen, sofern es Frauen verdienen, geliebt zu werden. Und deswegen hatte dieser Gott zwei Frauen. Die eine hieß Fuamnach und die andere wurde ›Etain von den Stuten‹ genannt.

Menschen oder Götter – beide sind so beschaffen, daß sie nicht mit gleicher Intensität zwei Dinge gleichzeitig tun, noch zwei Dinge gleichermaßen lieben können. Denn sie leben unter dem Gesetz der Zeit und werden von ihm beherrscht.

Midir bewunderte Fuamnach. Er ließ sich von ihren Ratschlägen leiten, aber er liebte Etain, und er war mehr beeindruckt von ihren Launen als von der Weisheit seiner anderen Frau.

So standen die Dinge, als Angus mac an Óg, der Schatz der Feen und Stolz des Großen Guten Gottes, in das Feenland Nenta von Bri Leith kam als Ziehsohn. Aber es gibt etwas, das ein Mann leichter, ergebener und tiefer lieben kann als eine Frau.

»Verzeihung, Majestät«, unterbrach Fergus, »aber außer Krieg wüßte ich nichts dergleichen.«

»Es ist ein Geheimnis«, sagte Maeve, »aber es gibt so etwas sehr wohl. Ein Mann kann einen Mann mehr lieben als er eine Frau liebt. Zum Beispiel kann er seinen Sohn mehr lieben, seinen Ziehsohn oder einen Gelehrten, den er sich hält.«

»Das ist wahr«, sagte Ailill und blickte zu jenem Jungen, der sein Ziehkind und Wagenlenker war und dessen Augen schwer schienen vom Schlaf. Er war nur aus Höflichkeit aufgeblieben.

»Es ist so«, sagte Fergus traurig und dachte an den abwesenden Cuchulinn. Er wandte sich an Maeve: »Um seinen Mit-

telfinger könnte er mich wickeln. Er ist das Schoßtier meines Herzens!« rief er.
»Habe ich je von diesem jungen Mann gehört?« fragte Maeve mit verdächtigem Interesse.
»Die Geschichtsschreiber von Connacht ...!« begann Fergus wieder grimmig. »Er ist einer, von dem man schon noch hören wird.«
»Einer aus Ulster?«
»Nein«, erwiderte Fergus ein wenig erregt. »Aber«, und er blickte sich hochmütig in dem großen Raum um, »aber für einen Menschen aus Ulster gäbe ich alle hier hin.«
Maeves Augen funkelten, und sie blickte ihn besänftigend an. »Ihr seid unsere Freude«, sagte sie, »Ihr seid unser Schatz.«

Es ist nun einmal so, daß ein Mann auch einen Mann lieben kann. Und was für ein Mann, was für ein Sohn, was für ein Ziehkind war der junge Angus! Schönheit und Mut, Klugheit und Sanftmut – dies waren seine hervorstechenden Eigenschaften. Die Sonne und der Himmel leuchteten aus seinem Blick. Die Vögel und die Welt sangen, wenn er die Lippen bewegte. Von seinem Atem blühten die Blumen auf. Und alle Gesundheit, Farbe und Freude floß von seinen Fingern. Midir liebte Fuamnach. Aber noch mehr liebte er Etain. Und noch mehr, ja sogar hundertfach mehr, liebte er Angus, den Sohn des Dagda Mór. Es war leicht für Midir, Angus zu lieben. Es war noch leichter für Etain, ihn zu lieben, und es wäre auch Fuamnach nicht schwergefallen, ihn ebenfalls zu lieben. All diese Dinge geschehen.

DRITTES KAPITEL

Man gewöhnt sich an das, was man ständig wahrnimmt. Und so gewöhnte sich Fuamnach an den Vorrang, den ihr Gemahl Etain einräumte. Es war zur Gewohnheit geworden. Es gehörte zur Routine ihres Lebens, und die Unzufriedenheit, die dabei am Anfang aufgekommen war, wurde zuerst teilweise, dann völlig vergessen. Fuamnach konnte – oder glaubte es wenigstens zu können – über ihr Herz hinwegsehen und so dem königlichen Haushalt vorstehen. Sie meinte, sich durch ihre Nützlichkeit für den König eine Möglichkeit zu schaffen, sich das zurückzugewinnen, was sie an Liebe zu verlieren schien. Dann kam Angus, und alles schwärmte von ihm.

Aber was war nun Midir für Etain? Er war ein Name, ein Schatten, eine Zudringlichkeit, ein Felsen, der ihr den Weg verlegte, an dem sie sich erschöpfte. Er war ein Geräusch, das um sie herum dröhnte wie ein Dudelsack, den eine Geisterhand spielt, eine Vorhaltung, die zu ihren Füßen jammerte, wenn sie danach verlangte, zu einem Stelldichein mit Angus zu gehen.

»Ich verstehe nicht ganz«, sagte Ailill, »wie konnte es dahin kommen, daß Angus mac an Óg in solcher Freizügigkeit mit dem Weib des Königs verkehrte?«

»Das hat schon seine Richtigkeit«, sagte Maeve, »denn Angus war der König, und Midir war sein Untertan. Es war nie erörtert worden, daß die Rechte des Obersten Herrn im Haushalt eines seiner Untertanen eingeschränkt werden könnten.«

»So ist es gewiß Recht und Sitte«, sagte Ailill.

»Alle Frauen wissen«, fuhr Maeve fort, »daß eine Frau, wenn sie aufhört, ihren Ehemann zu lieben, ihn nicht

unbedingt gleich zu hassen beginnt. Sie kann statt seiner etwas anderes lieben – ihre Kinder, ihren Haushalt, sich selbst. Aber wenn sie sich zu eben dieser Zeit in einen anderen Mann verliebt, so kann es dahin kommen, daß sie ihren Ehemann, der sie immer noch bewundert und nicht umhin kann, damit fortzufahren, verachtet.«
Hier ruhten die Augen der großen Königin ernst und streng auf Fergus mac Roy.
»Denn«, fuhr sie fort, »während ein Mann in seiner Treulosigkeit nicht liebenswert ist, ist eine Frau sogar noch liebenswerter und begehrenswerter, sobald sie untreu wird.«
»Das müßte näher untersucht werden«, unterbrach sie ihr Ehemann.
»Von wem?«
»Eine Frau weiß nie, was ein Mann denkt«, erwiderte Ailill, »denn ein Mann sagt einer Frau nie die Wahrheit. Er kann ihr einfach nicht die Wahrheit sagen.«
»Ach!«
»Eine Frau würde es überhaupt nicht begreifen, was da gesagt wird, wenn sie die Wahrheit hört.«
»Die Gedanken eines Mannes und die Gedanken einer Frau«, sagte Maeve, »da ist kein großer Unterschied.«
»Oh!« stieß Fergus hervor.
»Es gibt keinen großen Unterschied zwischen beiden«, beharrte Maeve.

VIERTES KAPITEL

Als Angus kam, war Fuamnach körperlich jung und erfahren im Geist. Und sie wurde wieder jung durch ihn an Geist und Körper. Sie sang, ihre Augen funkelten und die Zärtlichkeit, die sie für einen allein empfand, übertrug sie auf jede Person in ihrem Palast und auf jedes Tier draußen. Sie streichelte Kühe und Pferde, sie umarmte Schweine und Hennen, sie betrachtete Steine und Bäume zärtlich. Sie verhielt sich gegenüber ihren Dienerinnen so, als seien sie ihre Schwestern.

Gerade weil ihr Ehemann sie nicht begehrte und der junge Herr sich bestimmt Freiheiten herausnehmen würde, erwartete sie, daß die Wahl auf sie fallen werde. Dies, so meinte sie, werde eine harmlose Wahl sein.

Sie stellte sich vor, so wie wir uns in einem Traum etwas vorstellen, daß sie ein Glück und eine Freude kennenlernen würde, die ihr fremd waren, und nach der es sie doch verlangte, die sie entbehrte, und die es ihr möglich machen würde, zu lieben und Glück zu schenken.

Sie hatte Angus gesehen und ihr Herz war ihm zugeflogen wie Wasser einen Hügel hinunterfließt: ohne Anstrengung und Überlegung. Das Wasser kommt an einen Punkt, da drängt es noch ein wenig voran, da spürt es ein Hindernis, und jenseits davon kostet es keine Anstrengung mehr. Es stürzt nur noch hinab, strömt, ein eifriges unbewußtes Strudeln und Sichfallenlassen. Und so ist es mit der Liebe. Denn Liebe ist nicht etwas, das man sich aussucht. Sie kommt ungefragt. Sie ist völlig sorglos und drängt nur danach, sich fallen zu lassen und sich weiter fallen zu lassen und nie im Fallen innezuhalten.

»Wenn jemand auf solche Lieben warten würde . . .!« sagte Ailill mit einem kurzen Lachen.

»Eine solche Person würde sie jedes Frühjahr erleben!« rief Maeve.
»Ist Liebe denn nicht ewig?« unterbrach sie Fergus empört.
»Wo habt Ihr dergleichen gehört?« antwortete sie.
»Ich ...«, sagte Fergus nachdenklich.
»Glückliche Liebe wird ewig erneuert bei jenen, die glücklich sind. Unglückliche Liebe wird ewig erneuert bei jenen, die nicht glücklich sind. War Conachur glücklich? Waren seine Liebesaffären glücklich?«
»Selbst Götter sind unglücklich in der Liebe«, erwiderte Fergus.
Das liebliche Gesicht der Königin wurde ernst und ihre tiefe männliche Stimme klang noch tiefer.
»Alle Wesen sind unglücklich in der Liebe«, sagte sie. »Alle Liebe ist Unglück.«
»Dann ist es vielleicht das Unglück, das die Menschen lieben«, meinte Ailill mürrisch.
»Liebe und Krieg«, murmelte Fergus, »Unglück und Tod, das ist es, was die Menschen lieben.«
»Und Essen«, sagte Maeve brüsk, »die Männer lieben es zu essen.« Fergus brach in freudiges Lachen aus, und die Königin stimmte mit ihm ein. »Ihr seid unser Schatz!« sagte sie.

FÜNFTES KAPITEL

Aber das Glück, von dem Fuamnach träumte, stand nicht für sie in den Sternen. Denn jemand, der zum Unglück geboren ist, hat auch immer nur Unglück, gerade so wie eine Distel immer nur sticht. Sie stand auf dem Weg des jungen Herrn. Er sah sie, er sprach zu ihr, er lächelte sie an wie nur er lächeln, reden und dreinschauen konnte. Und diese drei Dinge bedeuten für eine Frau, die sie sucht und findet, bei dem Mann, der über sie Gewalt hat, Ekstase und Aufregung. Aber nach einer Weile sah sie, daß Angus mac an Óg, wenn er sie anschaute, sie eigentlich gar nicht sah. Wenn er mit ihr sprach, redete er sie eigentlich gar nicht an. Und wenn er lächelte, war er dabei wie geistesabwesend. Wie jemand, der an einem bitterkalten Wintermorgen klaräugig und zitternd zu sich kommt, so erwachte sie. Sie sah, daß seine Augen zu Etain liefen, daß er zu Etain sprach, daß er Etain anlächelte.

Sie sah, daß Etain fortgerissen wurde, versank und ertrank in dem Blick, im Lächeln und der Rede. Sie sah, daß Etains Augen zu Diamanten wurden, die im Tau ertranken. Sie sah, daß ihr Mund eine Rose wurde, die der Tau befeuchtete. Alles an ihr schmolz, wurde zu einem Fließen von Milch und Honig, zu einem Wehen milder Lüfte. Eine alles durchsetzende Freundlichkeit überkam sie, Ergebenheit kroch in die sich senkenden Schultern, die scheuen Fußgelenke. Stolz reckte sich der Hals und verwegen war die Hand.

Fuamnach sah das, und ihr Herz schlug in ihr wie ein Rammbock. Und dann schlug es nicht mehr. Aber ihr Sinn brannte in ihr so wild, daß sie die Augen schließen mußte, weil sonst Fremde die Flamme dieses Hochofens wahrgenommen hätten. Denn mit einem Mal wurde alles andere

Lebende um sie herum fremd, und nichts Gültiges existierte mehr für sie außer Angus, Etain und ihr selbst. Leben und Entsagung waren in diesen drei Gestalten eingefangen. Der Haß ihres Herzens war umfassend genug für sie alle. Sie war glücklich jetzt, denn wer kann ohne Liebe leben, und auch Haß ist Liebe. Ihr Tag war erfüllt von Visionen und ihre Nächte von Träumen. Sie träumte am Tag vom Tod und sah in der Nacht Tod und Tod und abermals Tod. Sie sah drei, die starben, und ihre Namen waren Etain, Angus und Fuamnach. Und sie meinte, daß mit dieser Beute der Rachen des Todes sich zufriedengeben würde, daß er nicht noch mehr zum Fraß fordern werde.

SECHSTES KAPITEL

Eine Frage noch«, sagte Ailill, »ich bin nicht ganz zufrieden damit, wie diese Geschichte erzählt wird.«

»Ach!« sagte Maeve hochmütig.

»Was mich angeht«, unterbrach Fergus, »so meine ich, daß diese Geschichte ganz ausgezeichnet erzählt wird. Sie wird vielleicht auf eine etwas männlichere Art und Weise erzählt als man das bei Liebesgeschichten von einer Frau erwartet.«

»Ich bin eben weniger weiblich als du es bist, Ailill«, sagte Maeve. »Ich bin eine Königin, und durch dieses Amt bin ich ein Mann ... Ich bin eine Frau in meinen Liebesaffären«, erklärte sie, an Fergus gewandt, »aber«, und sie wandte sich wieder Ailill zu, »in allem, wozu Geschicklichkeit, Härte und Verstand notwendig sind, bin ich ein Mann.«

»So, so«, sagte ihr Ehemann. »Aber darum geht es ja hier nicht. Dieser Herr Angus war doch zu jener Zeit noch ein

Knabe. Deshalb kann er wohl kaum so schreckliche Leidenschaften erregt haben, wie uns das diese Geschichte glauben machen will. Denn Liebe äußert sich bei einem Kind freundlich und spielerisch, und nicht in Schwindelanfällen, Verlassensängsten und all jenen Verzweiflungstaten, von denen du erzählst.«

Maeve machte den Mund auf, aber kein Wort kam heraus, so verdutzt war sie.

»Du, du könntest natürlich die Geschichte besser erzählen!« rief sie schrill.

Ailill hob abwehrend die Hände.

»Ich«, begann er, »bin im Geschichtenerzählen völlig unerfahren ...«

»Wartet«, sagte Fergus, »denn nur jemand aus Ulster kann diese Diskrepanz überbrücken, die in der Tat, wenn sie unaufgeklärt bliebe, eine Verunstaltung der Geschichte bedeuten würde.«

»Jemand aus Ulster?« fragte Maeve.

»Angus mac an Óg war aus Ulster.«

»Oh!« sagte Maeve.

»Die Geschichtsschreiber aus Ulster mögen nicht viel von dem verstehen, was sich in den Feenreichen von Connacht zugetragen hat, aber sie sind andererseits nicht ganz unerfahren, was die Vorgänge im Feenreich ihres eigenen Landes betrifft.«

»Nun!« sagte Maeve.

»Als Angus noch ein Junge war, wurde er als Ziehkind zu dem Gott Elcmair, dem Schwager des Dagda geschickt, und dort blieb er, bis er reif war für eine noch weitergehende Erziehung. Seine Bildung in Magie und Zauberei erhielt er von Bove, meinem Großvater ...«

»Eurem Großvater!« rief Maeve.

»Ja«, sagte Fergus, »meine Mutter Roy war die Tochter von Red von den Feen und dem Bove des Feenlandes Femen.

Mütterlicherseits stamme ich von den Göttern ab. Und von daher habe ich auch meinen Namen, der ›Einzigartig Gewählter‹ bedeutet.«
»Du bist wirklich unser Schatz«, sagte Maeve ernsthaft.
Fergus aber fuhr fort: »Als nun Bove dem Angus nichts mehr beibringen konnte, wurde er zur Unterweisung in spezieller Magie zu Midir geschickt, von dem Ihr sprecht. Angus war also bereits ein junger Mann, als er in das Feenreich Nenta von Bri Leith kam.
Weiter... Angus verliebte sich in Elcmars Tochter Englic, aber sie wurde bei einem Überfall durch die drei Söhne meines Großvaters aus dem Feenland Findabrach geraubt, und man sagt, daß der Prinz Midir auch in diese schöne Dame verliebt war. Aber weder er noch Angus, sondern einer meiner Onkel aus dem Feenreich bekam sie dann.«
»Das ist mir neu«, sagte Maeve.
»Daraus folgt, daß Elcmars Tochter Angus Ógs erste Liebe war und daß...«
»Halt!« rief Maeve aufgebracht. »Es ist nur zu gut bekannt, daß meine eigene Schwester Derbrenn Angus Ógs erste Liebe gewesen ist. Jede zivilisierte Person weiß das.«
Sie wandte sich an ihren Ehemann: »Du kommst doch aus Leinster. Du mußt doch die Geschichte von den sechs Schweinen aus dem Feenland kennen.«
Ailill nickte und erwiderte: »Die Frau meines Küchenchefs hat aus dem Bauch des einen ein Steak geschnitten.«
»Brogarban!« sagte Maeve triumphierend und wandte sich wieder Fergus zu: »Während sie im Feenland zusammen mit Angus war, lebte meine Schwester Derbrenn als Ziehkind bei sechs jungen Leuten, die sie später auf Erden wieder besuchten, und zwar in der Gestalt von Ebern, weil sie so hofften, die Nahrung der Götter, die Nüsse der Weisheit zu finden. Es ist allgemein bekannt, daß man in Connacht die Nahrung der Götter findet, und ich selbst habe diese

Wesen davon abgehalten, daß sie die Nüsse auf meinem Land fraßen. Und bei einer einzigen Jagd habe ich fünf von ihnen erlegt.«

»Brogarban entkam«, sagte Ailill. Er wandte sich an Fergus. »Brogarban war sein Name als Eber, unter den Feen hieß er Flann. Er lebt jetzt wieder bei ihnen.«

»Ihr seht also«, sagte Maeve, »daß meine Schwester ...«

»Nein«, sagte Fergus entschieden, »Eure Schwester Derbrenn mag Angus mac an Ógs erste irdische Liebe gewesen sein. Aber die Geschichte, die Ihr erzählt, geschah vor mehr als tausend Jahren, und deswegen ...«

»Ich kann Unterbrechungen nicht leiden!« rief Maeve zornig. »Einer der Druiden kann die Geschichte zu Ende erzählen – wenn man ihn läßt.«

»O nein«, beruhigte sie Fergus. »Es versteht sich, daß zu der Zeit, von der Ihr sprecht, Angus sich in einem Alter befand, in dem einem so etwas wohl zuzutrauen ist. Ihr habt gewonnen.«

»Du siehst«, rief Maeve und wandte sich triumphierend an ihren Ehemann, »du siehst, ich habe wieder einmal recht gehabt.«

»Ja, du hast recht gehabt«, sagte Ailill herzlich, »auch ich bitte dich, mit deiner Geschichte fortzufahren.«

Donnernder Applaus kam von den Zuhörern. Maeve verbeugte sich dankbar und erfreut und befahl, daß die Trinkgefäße gefüllt werden sollten, ehe sie weitererzählte.

SIEBENTES KAPITEL

Die Lehrzeit von Angus ging zu Ende, und der junge Zaubermeister sollte zum Palast seines Vaters zurückkehren. Er reiste ab, doch er ging nicht alleine. Midirs Frau Etain begleitete ihn. Midir blieb zurück ohne Ziehsohn, den er bewunderte, ohne die Frau, die er liebte, und mit der Frau, aus der er sich nichts machte.

So kann es einem Mann ergehen, der zwei Frauen hat. Die Frau seines Herzens wird ihn vor der schlechten Laune der Hausfrau bewahren, denn gegen die Herzdame wird sich die Eifersucht der anderen richten, und mit einem Gefühl des Triumphes und der Befriedigung kann sie die schlechte Laune ihrer Rivalin als ein Kompliment betrachten.

Aber es gab nun keine Liebe mehr in Midirs Haushalt. Er liebte Fuamnach nicht, noch liebte sie ihn. Sie liebte Angus, und in ihrem Haß liebte sie Etain.

Ein Mann und eine Frau, die einander nicht lieben, können in lauer Freundschaft miteinander leben ohne unglücklich zu sein, wobei die Interessen und Pflichten sie in Anspruch nehmen und das Leben erträglich machen. Aber wenn er oder sie von einem Verlangen ergriffen wird, das keine Erfüllung findet, kommt das Elend, und das Haus gleicht einer Höhle, in der Katzen kratzen und kreischen oder Bären brummen und schnappen.

Diese Götter erlebten, was Enttäuschung bedeutet!

Fuamnach, abgesehen von einem Augenblick der Wut, konnte nur noch an Angus denken, und Midir, wohl wissend, daß sein Ziehsohn glücklich war, erinnerte sich ständig an Etain.

Eine von Liebesschmerz geplagte Frau wird krank, mager und zornig. Sie sieht aus wie ein verschrumpelter Apfel, schmerzhaft für das Auge, abstoßend für den Geschmack.

Ihre Zunge verspritzt Essig. Ein von Liebesweh geplagter Mann wird schwer, dumpf. Er tut nichts und redet von nichts anderem als von Nichtigkeiten. Die Menschen fliehen ihn, denn er bleibt ernst, selbst wenn er trinkt. Die Frauen spotten seiner, denn seine Augen haben keinen Glanz. Seine Hände wirken schlaff, und er bewegt sich steif. So sah es in diesem Haushalt aus, und so stand es um die armen Götter.

Kalamitäten wie diese, überhaupt alle Kalamitäten, haben ihre unterschiedlichen Auswirkungen auf Mann und Frau. Alle Energie wird aus einem Mann gesogen, der sich einem Übel gegenübersieht, dem er nicht gewachsen ist, während eine Frau unter diesen Umständen eine geradezu dämonische Energie entwickelt. Sie wird nicht Ruhe geben, bis der letzte Funken Hoffnung erloschen ist. Deshalb ist es ratsam, unter verzweifelten Bedingungen und hoffnungslosen Situationen sich an Frauen zu halten und nicht an Männer.

Männer sind nun mal vernünftig. Das bedeutet, sie sind schüchtern. Und wenn sie sich einer Niederlage gegenübersehen, werden sie kapitulieren. Frauen hingegen geben ihrem Verlangen und nicht ihrem Verstand den Vorzug und kapitulieren nie, solange noch ein Fünkchen Hoffnung bleibt.

Als Etain fortging, gab Midir die Hoffnung auf. Nun war es also geschehen. Sie war nicht mehr da, und er konnte sich auch keine Illusionen mehr über ihre Liebe zu ihm machen. Sie war für ihn wie tot, und er wandte sich den Pflichten seines Hauses und seines Königreiches zu. Ein düsterer Friede war um ihn, und er genoß ihn wie ein Nachbar Zahnweh genießen mochte.

ACHTES KAPITEL

Aber Fuamnach hatte nicht einmal diesen Frieden und suchte ihn auch nicht. Sie zog sich in sich zurück. Sie webte dort etwas und sann auf Zerstörung, bis das Gewebe einer Verschwörung in ihrem Bewußtsein etwas vom Netz einer gewaltigen Spinne hatte. Da warf sie dieses Netz über die ganze Welt.

Alles ist möglich für jemanden, der sich derartiges vornimmt und auch die Folgen nicht fürchtet. Tag für Tag nahm die Absicht in Fuamnach deutlicher Gestalt an. Tag für Tag wuchs ihr Mut, bei dem es sich ja um so etwas wie versammelten Willen handelt, und sie wurde immer begieriger, etwas zu unternehmen.

Es gibt einen Mut, der bloße Narrheit ist oder aus Gehorsam erwächst. Es gibt einen Mut, der aus Energie und Jugendlichkeit besteht und den Mut, der von einer gereiften Absicht herrührt, von der Überwindung der Furcht. Und jener Mut ist am meisten zu fürchten, weil die von ihm angezettelten Taten kaum fehlschlagen.

Hier unterbrach Fergus nachdenklich:

»Ich bin weder jung, noch närrisch, noch gehorsam, und doch meine ich, daß es mir nicht an Mut ermangelt, denn wie würde ich sonst so fröhlich in einen Kampf ziehen können!«

»Ich liebe auch das Leben«, sagte Ailill, »und fürchte nicht den Tod.«

»Und es ist trotzdem so, wie ich gesagt habe«, erwiderte Maeve. »Denn von den Jahren der Kindheit an wird ein Mann ausgebildet, um zu kämpfen. Man drängt ihn, zu kämpfen. Man erzählt ihm voller Enthusiasmus Geschichten vom Kämpfen. Jedes Laster wird ihm vergeben, wenn er nur kämpft. So bildet sich, Tag für Tag, im Bewußtsein

eines Jungen die Absicht zum Kampf, so daß er die Furcht schließlich überwindet und aus dem Instinkt heraus kämpft.«
»Ja!« sagte Fergus, der nachgedacht hatte. »Genauso ist es wohl.«
Die Königin fuhr fort: »Es ist nicht so leicht für eine Frau, die Furcht zu überwinden, denn Schmerz, ja selbst eine große Anstrengung, schüchtern sie ein. Aber wenn sie einmal ihre Furcht überwunden hat, dann ist sie weit furchtloser als es je ein Mann sein kann. Denn ein Mann mag vielleicht keine Angst davor haben zu sterben. Aber er hat Angst, entehrt zu werden. Er mag keine Angst haben, ein Schurke zu sein, aber er hat Angst, nicht so zu sein wie andere Männer sind. Er mag lachen über das Gesetz und seine Strafen und kann dennoch Angst haben vor der Dunkelheit. Jeder Mann hat eine Ecke in seinem Bewußtsein, in dem er ein Feigling ist. Wie mutig er sich sonst auch erweist.«
»Ich habe vor allen diesen Dingen keine Angst«, meinte Fergus.
»Du hast Angst davor gehabt, ein *Ges** zu brechen«, sagte Maeve. »Und diese Angst hat dich ins Exil getrieben. Aus dieser Angst heraus hast du Deirdre und die Söhne von Uisneac sterben lassen.«
Fergus starrte sie an, und sein Gesicht wurde feuerrot.
»Und ich«, sagte Ailill, »wo ist meine geheime Furcht?«
»Du bist ein guter Ehemann«, erwiderte die Königin, »und somit hast du Angst vor deiner Frau.«
Die Gesellschaft brach in lautes Gelächter aus, in das Ailill überzeugt mit einstimmte.
So kann ein Mann immer zum Feigling werden, bis er stirbt. Aber eine Frau, die einmal ihre Angst überwunden

* Gelübde

hat, behält keine Spur von Feigheit in sich zurück, höchstens hinsichtlich der Liebe, die sie für ihre Kinder hegt. Fuamnach hatte keine Kinder. Es stand ihr frei, sich auf alles einzulassen, was ihr gefiel, und völlig davon überzeugt zu sein, daß sie es erreichen werde.

NEUNTES KAPITEL

Es gab einen Druiden in Midirs Haushalt, der hieß Bresil Etarlaim. Es stand in seiner Gewalt, die Erscheinungen von Menschen an anderen Orten und aus anderen Welten herbeizurufen. Er wußte Ränke zu spinnen und war auch des Zauberns kundig.

Einer Frau werden vielleicht gewisse Vermutungen kommen über die Art und Weise, in der Fuamnach den Zauberer für sich gewann, tatsächlich aber wissen wir nicht, wie sie es zuwegebrachte, ihn zu veranlassen, ihr gegen ihren Herrn, den König, beizustehen.

Zwischen ihr und Bresil wurde ein Plan vereinbart, und demgemäß änderte sie ihr Verhalten. Sie gab sich aufmerksam gegenüber Midir. Er merkte, daß ihr Blick sanft auf ihm ruhte. Er hörte, daß ihre Stimme ebenso zärtlich klang wie ihre Augen dreinblickten. Freilich mißfiel ihm das nicht. Wenn sie ihn auch über die Schlaffheit, die er empfand, nicht hinwegzutrösten vermochte, seine Vertraute konnte sie werden. Und in einer so delikaten Angelegenheit wie dieser – wem hätte er sonst vertrauen sollen?

Seine Klage über seinen unglücklichen Zustand ergoß sich in ihre Ohren. Und sie hörte hundertfach die Geschichte verschwundener Vollkommenheiten und unvergessener Lieblichkeit, die er in seinem Bewußtsein begraben hielt.

Sie konnte ihm die Sympathie einer mitfühlenden Hand, die sich auf sein gebeugtes Haupt legte, zuteil werden lassen und Worte gemurmelter Hoffnung. Meist sprach sie von Hoffnung, denn nur bei ganz und gar hoffnungslosen Ereignissen wird die Hoffnung ein Orakel, und man erinnert sich wieder ihrer.

Sie ergriff seine Hand, streichelte sie und besänftigte seinen Blick durch den ihren.

»Angus ist jung«, sagte sie. »Und Jugend ist unbeständig. Etain ist tatsächlich von jener Vollkommenheit, in der du sie vor dir siehst. Aber was soll Vollkommenheit einem Jungen? Er sucht Ungewöhnliches und Neues. Das ist für ihn von Reiz.«

Doch Midir schüttelte ungläubig den Kopf.

»Schon jetzt«, meinte sie, »wird Etain vielleicht nicht mehr so schön sein wie sie es war. Noch etwas länger, und sie wird überhaupt nicht mehr schön sein. Vielleicht wird sie nun schon von einer Frau ausgestochen, die kräftigeres oder lockigeres Haar hat. Oder von einer, die überhaupt kein Haar hat. Einer, die vielleicht hübsch aussieht, weil sie viele Sommersprossen hat. Einer, die auffällt, weil sie zwei linke Beine hat.«

Aber Midir hob die Schultern und wollte solche Möglichkeiten nicht gelten lassen.

»Tatsächlich«, beharrte Fuamnach, »sind für einen jungen Mann, der lange mit einer Frau zusammen gelebt hat und sie auswendig kennt, alle anderen Frauen weit begehrenswerter. Und er würde seine Großmutter begehren, aus bloßem Verlangen nach Abwechslung.«

»Das mag auf andere zutreffen«, sagte Midir, »aber bei Etain ist es nicht so.«

»Glaubt mir, lieber Herr, es kann bei jedem so sein.«

Mit einer Handbewegung, als liege er im Sterben, drückte Midir seinen Unglauben und seine Verzweiflung aus.

ZEHNTES KAPITEL

Aber in einem Augenblick, der günstig war, nahm Fuamnach die Unterhaltung wieder auf, und Midir ging nur zu willig darauf ein, denn über Etain zu sprechen bedeutete für ihn ein selbstquälerisches Vergnügen.

»Und dann dies noch«, sagte Fuamnach in sein dürres Ohr. »Die Machtstellung, die Angus einnimmt, macht ihn zur leichten Beute all jener, die sich ihm nähern. Wie die Sonne von allen gesehen wird, so sehen auch ihn alle. Die Welt und die Götter kommen zu ihm. Er sieht alles und wird gesehen. Schwerlich wirst du jemanden finden, der sich nicht wünschte, auf Angus einen guten Eindruck zu machen.«

»Und dann geschieht was?« sagte Midir.

»Es wird ein Lächeln mit Grübchen geben, wohin immer er schaut. Einen sanften, verschämten Blick, wohin immer er schaut, eine werbende Unterwürfigkeit, wohin immer er schaut.«

Midirs Brust erhob sich aus einem Abgrund. »So könnte es sein«, sagte er.

»Ach, lieber Herr: es muß so sein, daß Etain jetzt schon allein herumsitzt. Daß sie sich wundert wie in einem kalten Traum, warum sie allein ist. Wie diese Einsamkeit kommen kann.«

»Gesetzt, es wäre so . . .!«

»In wie kurzer Zeit wird sie dahin kommen, diese Einsamkeit zu hassen, die andere doch erst recht wahrnehmen?«

»Nun gut«, sagte Midir. »Gut. Und was folgt daraus?«

»Es folgt daraus, was folgen muß. Sie wird kehrtmachen und voller Begierde und voll Freude zu jedem Menschen rennen, der sie aus dieser nur zu offensichtlichen Einsamkeit errettet.«

»Ja, ja«, sagte Midir und atmete hastig dabei.
»Und wenn mein lieber Herr nicht zur Hand ist, wird sie Zuflucht in den Armen von jemandem suchen, der nicht mein lieber Herr ist.«
»Oh!« rief Midir voller Erschrecken.
»Es könnte so sein«, sagte sie. »Ja«, fuhr Fuamnach fort und schaute in die Endlosigkeit von Zeit und Raum und Vermutung, »es könnte wirklich so sein. Denn es gibt eigentlich keine andere Art, in der sich die Dinge entwickeln können, und dann wäre unser Liebling zum zweiten Mal für uns verloren.«
»Und ich ...!« rief Midir und starrte furchtbehext drein.
»Ihr seid ganz Zärtlichkeit, Herr, wie es bei jemandem, der Macht hat, von Rechts wegen sein sollte.«
»Wirklich, ich bin mächtig«, seufzte der Gott, »aber was kann man in einem solchen Fall mit Macht oder Machtlosigkeit ausrichten?«
»Hört einmal!« sagte Fuamnach, und Midir, ganz Auge und erstickte Stimme, hing an ihrem zärtlichen Blick, »Ihr könnt Euch Gewißheit darüber verschaffen, ob Etain verloren ist oder nicht.«
»Wie das? Was soll ich tun?«
»Geht zum Brugh, zu dem Palast des Dagda, wo sich Angus aufhält. Besucht Angus mac an Óg. Findet heraus, wie es in seinem Herzen aussieht. Ich werde zu Etain gehen und werde ihr Vertrauen gewinnen. Und dann werden wir es wissen.«
»Und mit solchem Wissen käme das Herz zur Ruhe?« fragte Midir mit tiefer Stimme.
»Gewiß doch«, sagte Fuamnach.

ELFTES KAPITEL

Sie reisten zum Brugh an der Boyne, und der Zauberer Bresil Etarlaim ging mit ihnen. Sie wurden in den Palast des Dagda eingelassen, denn wie hätte man ihnen das verwehren können? Und wen hätte Angus lieber gesehen als seinen Ziehvater Midir? Und wer hätte ein glücklicherer Mann sein können als Midir, als sich seine Hand auf die Schulter des Ziehsohnes legte, und er in dessen geliebte Augen sah? Zeit verging für die beiden, während sie nichts anderes taten als einander zu küssen, Zeit verging auch sonst.

Und was Fuamnach anging ... Sie wurde in das Frauenhaus gebracht, erhielt ein Zimmer und bat, daß Etain zu ihr komme.

Der Zauberer war bei ihr, und als sie nun allein waren, redete sie begierig, befehlend und flehentlich auf ihn ein.

»Das ist unser beider Tod!« zischte der Druide. In einer Ecke des Zimmers zog er einen kleinen Kreis auf dem Boden an der Wand und trat in den Kreis hinein. »Ich rühre mich nicht mehr vom Fleck«, sagte er.

»Es gibt keinen Tod«, sagte Fuamnach, »das weiß man doch. Es ist alles nur eine Veränderung.«

»Es gibt Vergessen«, sagte der Druide düster. »Es gibt Wissen in dieser unteren Welt, das man erneut erwerben muß. Dort ist alles viel härter. Auch weise zu werden fällt dort schwerer.«

ZWÖLFTES KAPITEL

Drei Mädchen waren mit Etain gekommen, und ihre Gegenwart kam den Besuchern ungelegen. Aber Fuamnach lief ihnen entgegen, und in einer Haltung, die überschwengliche Herzlichkeit und Freude ausdrückte, küßte sie Etain.

»Du hast dich überhaupt nicht verändert«, sagte sie. Und als sie das sagte, durchfuhr es sie kalt. Denn in der Tat, Etain war jetzt nur noch schöner geworden.

Sie war schön gewesen, und nun war sie noch schöner, denn sie hatte vom Glück getrunken und Freude hatte sie gewiegt. Nun kam sie daher wie eine Königin. Jugend und Grazie drückten sich in ihrem Verhalten aus. Jugend und deren Sicherheit waren in ihrem Herzen. Und warum sollte sie auch nicht sorglos sein? In beiden Welten gab es nichts, wovor sie sich hätte fürchten müssen.

Sie erwiderte Fuamnachs Küsse mit dem freimütigen Gelächter, mit dem sie sonst auf die Liebkosungen eines Kindes oder eines Tieres zu reagieren pflegte. Und sie erwiderte sie, indem sie in Fragen über ihr ehemaliges Zuhause und in Lachen der Zufriedenheit und der Überraschung ausbrach. Auf keine der Antworten, die Fuamnach gab, hörte sie eigentlich hin, sondern stellte darauf ihrerseits weiter Fragen und abermals weitere.

»Und du?« fragte sie, und ihre hellen Augen schienen auf Fuamnachs Körper zu tanzen.

»Ach nein!« lachte Fuamnach schalkhaft, »Geheimnisse können nur im Geheimen erzählt werden.« Auch ihre Augen tanzten, aber in die Richtung der sie anstarrenden und flüsternden Mädchen, die sie mit Falkenaugen musterten. Sie wurden von Etain aus dem Zimmer geschickt.

»Wirklich«, sagte sie, »wir sollten allein reden.«

Etain hatte den Druiden Bresil Etarlaim noch gar nicht wahrgenommen, denn der Mann stand im Hintergrund, getarnt durch seine eigene düstere Zurückhaltung und durch die Aufregung und das Geplapper von Fuamnach. Als nun die beiden Frauen sich setzten, wandte Etain dem Druiden ihren Rücken zu. Sie hatte wohl kurz wahrgenommen, daß er zugegen war, aber irgendetwas hatte diese Wahrnehmung wieder ausgelöscht. Vielleicht hatte er das auch durch Zauber so einzurichten gewußt. Und außerdem verging keine Minute ohne ein Wort von Fuamnach, die aufgeregt umherlief und die andere Frau liebkoste.

DREIZEHNTES KAPITEL

Hätte sie den Druiden gesehen, würde sie wohl etwas dazu bemerkt haben.

Nein, sie hätte vielleicht nichts gesagt, aber sie wäre geflohen und ihre Schreie hätten die Wache herbeigerufen, die der Meinung gewesen wäre, über der Kammer müsse ein Erdrutsch niedergegangen sein.

Der Zauberer sah sie mit geschlossenen Augen an. Seine Todesmaske starrte auf sie hin. Sein magerer Körper war ihr zugewandt, und seine blinden Brauen schickten ein Frösteln gegen sie aus.

Er war von ihr entfernt, und er war ihr näher als ihre Nerven. Er war ihr so nahe wie ihr das eigene Herz war. Wie Würmer Löcher in die Erde bohren, so grub er sich in ihr Bewußtsein ein. Er wurde zu ihren Gedanken.

Und sie dachte an ihn, wie man an einen Speer aus Eis denkt. Sie spürte ihn, wie man eine Woge Eiswasser spürt, die einem plötzlich über das Herz schwappt.

Kälte durchdrang sie im Augenblick. Von ihrer Krone bis zu den Zehen lähmte sie etwas. Es war, als überkomme der Winter eine Landschaft. Sie verlor alle Farbe und jede Bewegung hielt in ihr an. Sie glich einem Baum, von dem ein eisiger Wind plötzlich alle Blätter abreißt.
Nun konnte sie sehen und hören, und es war Fuamnach, die sie sah und hörte. Die Lippen, die sich plötzlich zu einem Strich spannten, murmelten »Bewege dich nicht«. Augen, die zu glühenden Sonnen und zu funkelnden Nadelspitzen wurden, welche sich rückwärts zu schwarzen Kavernen ausweiteten und mit einer weißen Leere zurückkamen, umfingen sie.
Sie konnte nichts anderes denken, sie konnte nicht einmal mehr diese Bilder sich vorstellen. Sie dachte gar nichts mehr.
Sie war wieder zu dem geworden, was sie gewesen war. Si war ein Auge, das sah, ein Ohr, das hörte. Sie war eine Vorstellung, die wartete und erwartete. Sie war eine stöhnende Begierde, bereit, all das zu tun, was man ihr befahl, was man ihr erlaubte.
»Ah!« flüsterte Fuamnach gegen den Geist hin, der von ihr übriggeblieben war. »Ah, Dieb ...! Tu, was du dir selbst zu tun befiehlst! Gehorche deinem Wunsch! Falle und falle und falle! Sei geflügelt! Sei nichts als ein Flügel! Sei leichter als der Wind! Sei nur noch lebender Staub!«
Todesfurcht rann Etain durch die Adern, und Ekstase überkam ihr Bewußtsein. Sie war völlig willens das zu werden, was man von ihr verlangte. Sie wurde ein Wille. Und zu der gigantischen Kraft, die um sie und in ihr am Werk war, fügte sie ihre eigene Anstrengung und Begierde hinzu. Sie würde frei sein, sie würde Flügel haben, sie würde alle Schwere abstreifen. Sie würde leichter sein noch als das Geräusch von Wind.
Ihre Lippen trennten sich schmerzlich voneinander und

blieben offen stehen. Ihr Blick wurde starr. Ihre Hände verkrampften sich und zuckten.
Ihre Brauen zogen sich zusammen, schienen sich zu verknoten und gefroren. Sie saß in einem lebendigen Stein ...
Sie sah Fuamnach nicht mehr. Sie träumte nicht mehr von verzehrenden und anbrandenden Blicken, noch von dem sich krampfhaft krümmenden roten Wurm eines Mundes. Sie war gänzlich und monströs allein. Sie war jenseits von Geräusch und Sicht. Sie war jenseits der Möglichkeit, durch einen Anruf zurückgeholt zu werden. Sie war jenseits allen Wissens und all dem, was einen als Leben berührt.
Sie war in einem Raum ganz allein ... Sie befand sich in einem Universum, in dem Blitze aufzuckten, das stöhnte unter den Blitzen ... Grüne Blitze und rote. Grüner tonloser Donner und ein klangloses Brüllen von Rot ... Eine unendliche Weite umgab sie, ohnmächtig und endlos. Endlos, schwindelerregend und diese Ohnmacht hervorrufend ...
Vor Fuamnachs Augen blitzte ihr Körper plötzlich auf. Er verlosch wie eine Flamme, die man ausbläst. Er verschwand.
»Hinter mich!« rief der Druide. Fuamnach floh und kauerte sich hinter seinen Rücken. Ihr Gesicht grub sich in ihre Hände. Ihr Körper schrumpfte in ihre zusammenzogenen Schultern.
»Der Wind«, stöhnte sie. Und ein Wind kam aus dem Mund des Mannes. Ein dünnes, durchdringendes Wehen, das man sich vorstellen, aber nicht spüren konnte. Eine dünne Kälte, bei der man zusammenfuhr, ohne daß sie der Verstand anzeigte. Sie tanzte durch die Kammer wie der Laut, den der Flügelschlag einer Wespe macht, und wiederholte sich dreimal. Wahrnehmbar war das alles nur durch ein inneres, sich erinnerndes Gehör.

»Es ist vollbracht«, sagte Bresil Etarlaim. Seine Zähne klapperten, und jeder Knochen im Leib zitterte in ihm. Er war nur noch der graue Schatten eines Mannes.
»Fort, fort und fort«, stammelte Fuamnach. »Hinaus und fort. Jenseits von Luft und Wasser und Feuer.« Sie stand da, starrte. Sie sank auf den Boden hin und wurde dort ohnmächtig, während der graue Druide sich wie ein Fuchs davonstahl.

VIERZEHNTES KAPITEL

Angus und Midir wollten in jenes Zimmer hinein. Doch Angus, der Meister der Magie, stand da wie vom Schlag gerührt und trat hastig von der Schwelle zurück. »Geht nicht hinein!« rief er. »In dem Zimmer ist der Tod.« Und zu den Dienern, die sich zusammendrängten: »Ist die Königin, ist Etain da drinnen?«
»Sie ging hinein, Herr.«
»Wenn sie drin geblieben ist . . .!«
»Sie ist nicht herausgekommen, Herr.«
»Sie ist verloren!« rief er. Und zu den Wachen, die vorwärts stürmen wollten, sagte er: »Wagt euch nicht in diesen Raum.« Er wandte sich mit starker Erregung zu Midir: »Sie ist fort. Etain ist verloren!«
»Wie!« rief der König, der bleich geworden war.
»Geht nicht hinein«, sagte Angus, »dort drinnen wohnt die Vernichtung.«
Aber Midir gab sich erhaben und stolz. »Habt Ihr meine Lehren vergessen?« fragte er.
»Ich habe vergessen, daß Ihr mich lehrtet«, sagte Angus.
»Kommt uns nicht nach!« befahl er seinen Begleitern. »Es

würde euch euer Leben kosten.« Dann betraten er und Midir das Zimmer.
»Da ist nichts«, flüsterte Angus.
»Da ist ... etwas«, sagte Midir, »... auf dem Boden.« Sie gingen bis zu jener Ecke.
»In dem Kreis«, sagte Angus.
»Fuamnach!« rief Midir.
Einen Augenblick betrachteten sie die zusammengekauerte Gestalt, dann richtete Fuamnach sich auf, sie stützte sich auf ihre Hände und sie starrte in Angus' Augen.
»Herr ...!« sagte sie.
»Wo ist Etain?« rief Midir. »Wo ist Etain?«
Aber sie antwortete ihm nicht. Sie sah ihn nicht an. Sie schaute Angus in die Augen.
»Herr ...!« flüsterte sie.
»Druidin!« sagte Angus. »Sie ...!« Sein Schwert zuckte zu ihr hin.
Ihr Haupt sprang blutig von ihren Schultern, schlug dumpf auf dem Boden auf und rollte fort.
Midir schlug sich die Hände vor die Augen. »Oh!« schrie er.
»Zur Tür!« rief Angus. »Rasch zur Tür!« Und indem er das Schwert fortwarf, stieß er Midir mit zitternder Hand aus dem Zimmer.

FÜNFZEHNTES KAPITEL

So also ging es mit Fuamnach zu Ende. Doch für Etain war es nicht das Ende. Und wenn es kommen würde, würde es kein Ende, sondern ein Anfang sein. Denn so ist es mit allem, das vor uns zu liegen scheint. Wenn das Auge ihm folgen könnte, würde es sehen, daß alle Dinge beginnen am Ende aller Dinge, und daß aller Wandel nur Illusion ist.

Die Macht des Druiden und der Wille Fuamnachs, zusammen mit Etains Wünschen, hatten ihr Werk getan. Masse, Gewicht und Raum waren von Etain genommen. Sie konnte nicht getötet werden und andererseits muß Leben eine Form haben, die es ausfüllt. So war sie verwandelt worden in ein Insekt, und als der Wind kam und durch die Kammer wirbelte, war sie fortgeweht worden durch das offene Fenster.

Es war ein Wind, der nicht zu der Welt der Feen gehörte, und so konnte er sich in ihr nicht halten. Er wehte durch dieses Universum, und aus diesem Universum wieder heraus. Er verließ die Welt ganz und gar und trug das Insekt, das er aufgegriffen hatte, mit sich fort. Und mit dem Ton einer wütenden Wespe fuhr er in die Welt der Menschen, und so gelangte das Insekt auch dorthin.

Als der Wind vorbeikam, feierten die Leute im Hause von Etar, dem Herrn von Inver Cichmain im Norden, auf dem flachen Dach seiner Burg. Sie tranken Wein, und Etars Frau nippte an einem Pokal. Während das Gefäß ihre Lippen berührte, wurde das Insekt von dem Wind hineingeweht. Sie konnte nicht mehr innehalten, und so trank sie das Insekt mit dem Wein.

»Ich habe eine Fliege verschluckt«, klagte sie ihrem Mann.

»Das nährt«, sagte er fröhlich. Aber was da im Scherz gesagt worden war, wurde ernst. Denn das Insekt gelangte in ihren Schoß und wuchs dort, und innerhalb von Jahresfrist wurde Etain als die Tochter dieser Dame wiedergeboren. Doch sie war zwölfhundert Jahre alt an dem Tag, als sie aus dem Feenland herübergeweht wurde, denn wie viele andere Kinder war sie weit älter als sie aussah.

Alle Kinder sind hübsch, aber einige wenige sind schön. Dieses Kind war hübsch und für sich einnehmend. Und es wurde schön und beanspruchte Beachtung. Daß es hübsch war, sprach sich in der Nähe bald herum, denn was hübsch ist, bleibt immer ortsgebunden und gewinnt nur dort Aufmerksamkeit. Aber als sie heranwuchs und ihre große Schönheit augenscheinlich wurde, verbreitete sich die Nachricht davon in aller Welt.

Ein hübsches Mädchen kann man in jedem Dorf finden, aber eine Schönheit ist so rar wie sonst nichts auf der Welt, und alle erheben sich auf die Zehenspitzen, um sie zu betrachten.

»Hier wird eine feine Unterscheidung getroffen«, meinte Ailill.

»Ich verstehe das offenbar auch nicht ganz«, wandte Fergus ein.

»Es ist ganz einfach«, erwiderte Maeve. »Hübsch zu sein beschreibt die Sanftheit des Körpers und der Gefühle, aber Schönheit betrifft den Adel des Geistes.«

Eine gewisse Zufriedenheit und Verlegenheit breitete sich nach dieser Erklärung auf den Gesichtern der anwesenden Herren aus.

»Ich würde meinen«, sagte Ailill, »daß diese Unterscheidung ein wenig eng gefaßt ist.«

»Das ist möglich«, fuhr Maeve fort, »mag sein, daß schöne Männer nicht so selten sind wie schöne Frauen.«

»Es mag sein wie Ihr sagt«, meinte Fergus und warf der

Königin einen sanften Blick zu, »doch ich kenne eine Frau, die hübsch und schön ist.«
Die Augen der Königin strahlten ihn an, sanft wie Sternenlicht. »Ihr seid unser Schatz!« sagte sie.

SECHZEHNTES KAPITEL

In Tara regierte zu dieser Zeit und in dieser Welt Eochaid Airem als neunundddreißigster Monarch von Irland.
Er war ein junger Mann, ein junger König, und das Ansehen, dessen er bedurfte, wurde ihm so leicht zuteil, daß er lange Zeit nicht daran dachte zu heiraten. Wenn er daran erinnert wurde, und das geschah häufig, schob er die Angelegenheit beiseite und vergaß sie. Aber dieser Zustand ist geeignet, selbst einen König in die Enge zu treiben. Dem Großkönig fiel auf, daß an seinen Hof nicht mehr so viele Ritter kamen wie früher; und er konnte nicht umhin wahrzunehmen, daß Frauen an seinem Hof sogar noch rarer waren als Männer. Es waren ihm nur noch sehr alte oder sehr häßliche geblieben, und auch solche, mit denen der Umgang mühsam war.
Er lud also zu einem Festmahl ein und befahl dem Adel, der von seinen Boten erreicht werden konnte, an seinem Hofe zu erscheinen. Aber seine Boten brachten die Nachricht zurück, daß alle adligen Herren in ganz Irland krank seien, und ihre Frauen und Töchter, Nichten und Schwestern auch.
Dies war eine Katastrophe, die der König zur Kenntnis nehmen mußte. Er berief seinen Kronrat ein, und als dieser zusammentrat, sah er, daß alle, die erschienen waren, entweder gar keine Frauen hatten, Witwer waren oder aber

Männer, deren Frauen sich durch ungewöhnliche Häßlichkeit oder durch außerordentliche Dummheit auszeichneten.

Erstaunt und entsetzt war er, als er die Ehefrauen seiner Räte zu Gesicht bekam, und er verkündete vehement seine Meinung über eine Welt, in der man mit solchen Frauen gestraft ist. Er schwor beim Gewitter des Jüngsten Gerichts und beim Tod, er denke nicht daran, mit solchen Frauen an einer Festtafel Platz zu nehmen oder auch nur mit ihnen unter demselben Dach zu wohnen.

Dann vergaß er die Sache und den Grund, weswegen der Kronrat eigentlich einberufen worden war, und schalt seine Räte ob ihrer Geschmacksverirrungen.

»Wie?« sagte er. »Bietet die gute Erde nicht genügend Frauen, die euch besser angestanden hätten? Waren die Töchter von irdischen Vätern so krank, daß ihr in der Unterwelt nach Hexen und alten Vetteln und weiblichen Mißgeburten suchen mußtet, als ihr heiraten wolltet? Bin ich ein König von Ghulen?« donnerte er. »Regiere ich über Mißgeburten und Entartungen? Ha!« fuhr er fort, »ihr müßt wahnsinnig gewesen sein, das zu tun. Ihr müßt immer noch wahnsinnig sein, daß ihr das aushaltet! Unglückliche Wichte! Ihr habt meine Regierungszeit mit Schande befleckt. Ihr habt es fertiggebracht, daß ich die Frauen verachte.«

SIEBZEHNTES KAPITEL

Die Räte brachen in Tränen aus angesichts des Zorns des Königs und seiner fürchterlichen Vergleiche, die sich auf ihre Frauen bezogen. Denn jeder dieser Herren hatte in der Vorstellung gelebt, seine Frau könne unmöglich so häßlich sein wie er sich das einbildete.

Und jeder hatte sich weiterhin vorgestellt, daß der Schmerz, den seine Frau seiner Seele bereitete, von dem schlechten Zustand der eigenen Leber herrühre oder von einer zu üppigen Ausscheidung seiner Galle.

»Majestät«, stammelte einer, »es ist nicht unsere Schuld.«

»Wie das, Mann? Wie konnte es dahin kommen?«

»Unsere Mütter verheirateten uns, als wir noch jung waren«, sagte der schluchzende Mann.

»Idiot!« meinte bündig der Monarch. »Memme!« fügte er hinzu.

Aber einer der Räte, der die Sprache wiedergefunden hatte, erklärte: »Majestät, es gibt keine Entschuldigung für einen Mann, nicht zu heiraten. Das ist eine bösartige Unterlassung, gleichzusetzen mit Hochverrat gegenüber dem Staat und dem Leben.«

»So, so«, sagte Eochaid.

»Und kein Mann kann dafür getadelt werden, daß er geheiratet hat«, behauptete ein anderer, »denn wenn er es tut, ist er meist noch zu jung und zu ausgelassen, um recht beurteilen zu können, auf was er sich einläßt.«

»Ich bin jung«, sagte der König. »Ich bin heiter. Gehe ich etwa bedenkenlos in eine Ehe? Werbe ich mit geschlossenen Augen um eine Frau, während mein Herz schläft? Keine Mutter hat mich verheiraten können!« donnerte er.

»Majestät«, sagte einer, den die Äußerung des Königs über Frauen besonders hart getroffen hatte, »Ihr werdet auch

über kurz oder lang den Weg aller Männer gehen und heiraten, wie es Eurer Mutter oder den Göttern gefällt.«
»Was!«
»Das ist nun einmal so. Und wenn die Ehefrau Eurer Magnifizenz in das Alter gerät, in dem sich die unsrigen befinden, wird sie genauso wenig begehrenswert sein wie unsere es sind. Und der König wird sich genauso wenig darum kümmern wie wir es tun.« Und dieser Mann blickte siegesbewußt und verächtlich auf seine unterwürfigen Gefährten. Eochaid aber richtete sich zu seiner vollen Größe auf und fuhr diesen Mann auf eine Weise an, wie die Sonne auf einen sie anbellenden Hund hinabblitzt.
»Wollt Ihr Euren König beleidigen«, fragte er, »oder habt Ihr etwa vor, mir zu drohen?«
»Keines von beiden, Majestät. Ich gebe meinem König nur einen guten Rat.«
»Ach!» sagte Eochaid und brach in ein schallendes Gelächter aus. »Ihr beratet also den Großkönig.«
»Beim Gesetz!« stammelte der Mann. »Beim Gesetz von ganz Irland! Ich bin ein Berater des Königs.«
»Beim Gesetz!« sagte Eochaid und setzte sich wieder hin. Aber seine geringschätzigen und herausfordernden Blicke ließen nichts Gutes ahnen.
»Dann beratet uns jetzt«, sagte er, »und laßt hören, wie das klingt. Wir sind nie zuvor beraten worden.«
Der eingeschüchterte Berater holte tief Atem. »Majestät«, sagte er, »ich rate Eurer Majestät zu heiraten.«
Aber Eochaid brüllte wieder vor Lachen. »Nein, nein, nein, nein! Auf dem Weg kriegt Ihr mich nicht unter Euresgleichen. Versucht hier nicht, eines Mannes Mutter zu spielen. Noch dazu, da es ja um die Rolle der Mutter des Königs geht.«
»Und doch«, sagte der Mann rasch, »ist dies der Rat all Eurer Räte.«

»Und das schon seit fünf Jahren«, warf ein anderer noch rasch ein.
»Ich erinnere mich«, sagte der König nachdenklich, »daß es mir vorgeschlagen worden ist. Wir wollen nicht mehr davon reden.«
Im Rat machte sich Unbehagen breit. Aber keiner der Herren wagte es, mit den Vorhaltungen fortzufahren.

ACHTZEHNTES KAPITEL

Meine Herren«, sagte Eochaid, »euer Rat ist mir noch in einer anderen Sache willkommen. Eine Seuche ist in unserem Königreich ausgebrochen. Unsere Boten melden, daß überall im Land Männer und Frauen sterben. Es verlangt uns, mehr darüber zu wissen und zu hören, was man gegen diese Pestilenz unternehmen kann.«
Das Lächeln, das um die alten Lippen des einen Rates aufzuckte, wurde von den anderen durchaus für respektabel gehalten; und der König war erstaunt, daß nur seine königliche Gegenwart die Räte davon zurückhielt, in Gelächter auszubrechen.
Er starrte sie an, und zwar, soweit das einem König möglich ist, verwirrt. Doch er sprach so spontan wie er handelte.
»Habe ich einen Witz gemacht?« fragte er hoffnungsvoll.
»Euer Majestät sind immer geistreich«, antwortete einer der Räte.
»Bin ich dann vielleicht geistreicher gewesen als gewöhnlich?« fragte der König.
»Das wäre kaum möglich«, erwiderte der Rat, »aber«, fuhr er fort, »die Nachricht von dieser Seuche erscheint uns kurios

im Zusammenhang mit dem Problem Eurer königlichen Eheschließung.«
»Ach ja«, sagte der König, »sehr komisch.«
»Denn Eure königliche Eheschließung ...«
»Lassen wir das«, sagte Echoaid, »wenden wir uns Geschäften zu, die weniger komisch sind.«
»Aber eines steht mit dem anderen in engem Zusammenhang, Herr, beides läßt sich nicht getrennt voneinander betrachten.«
»Ach ja!« sagte Echoaid. Er stützte den Kopf auf eine Hand und starrte mit weit geöffneten Augen und verkniffenem Mund den Sprecher an.
»Tatsächlich gibt es gar keine Epidemie in diesem Land«, fuhr der königliche Ratgeber fort.
»Was ... es gibt keine Krankheit?« rief Eochaid.
»Der Adel Irlands ist zu dem Schluß gekommen, daß er nicht bei Euer Majestät zu Gast sein kann, bevor Euer Majestät geheiratet haben.«
Ein blasser Hauch von Zorn schien Eochaids Wange zu berühren, und als er die Lippen öffnete, strahlten weiße Zähne die Versammlung wild an.
»So!« sagte er.
»Ja, es ist so, Majestät. Bevor Euer Majestät nicht geheiratet haben, wird kein Gentleman in Irland an Euren Hof kommen. Kein Gentleman in Irland wird seiner Frau, seiner Tochter oder seiner Schwester erlauben, nach Tara zu kommen, bevor der König geheiratet hat.«
Eochaids Augen waren nun ganz Wut und sein Mund eine dünne, hingekritzelte Drohung. »Das ist Verrat!« schnarrte er.
»Das ist kein Verrat, Herr. Der Thron ist sicher, und die Person des Königs unantastbar. Aber der König mutet seinen geliebten Untertanen mehr zu als diese ertragen können. Und es ist die Pflicht dieses Rates, den Thron wissen zu las-

sen, daß er seine vielgeliebten Untertanen so behandeln muß wie sie es verdienen.«
»Der Kronrat ist beendet«, sagte Eochaid.

NEUNZEHNTES KAPITEL

Nach drei Monaten, in denen über das Thema nicht mehr gesprochen worden war, kapitulierte der König. Dank ausführlicher Gespräche mit anderen und Überlegungen im stillen Kämmerlein war er dem Rat seiner Höflinge und den Wünschen seines Volkes zugänglicher geworden.
Außer sehr jungen Männern traf er niemanden, der seine Ansichten in diesem Punkt geteilt hätte, und das folterte sein Herz. Seine Bekehrung aber nahm ihren Anfang in einem Gespräch mit seiner Mutter.
»Das ist noch nie zuvor einem König widerfahren«, sagte er, als er sich düster in den königlichen Frauengemächern herumlümmelte.
»Sohn«, sagte sie, »das ist jedem König schon einmal so gegangen.«
»Glaubst du wirklich?« fragte er und starrte sie an.
»Selbstverständlich. Und es wird jedem König nach dir so gehen.«
»Nicht doch«, sagte Eochaid.
»Bestimmt«, sagte seine Mutter, »denn es ist die Natur der Dinge.«
Eochaid dachte an die lange Folge von Königen, die nach ihm kommen würden.
»Die armen Jungen«, sagte er, »die armen, armen Jungen.«
Seine Mutter sah ernst von ihrer Stickerei auf. »Wenn du

nicht heiratest, mein Lamm, wird es keine armen Jungen geben, die man beklagen kann.«

»Bei meiner Schwerthand!« sagte Eochaid. Er dachte über sie und diese Äußerung wie in Trance nach. »Das ist vollkommen richtig«, überlegte er. »Ich werde auf der Stelle heiraten.«

Dann sprang er auf, und es kam seiner Mutter so vor, als habe er im Sinn, eine Wache herbeizurufen und von der zu verlangen, sie solle ihm eine Ehefrau herbeischleppen.

»Du mußt nichts überstürzen, mein Kind«, sagte sie bittend zu ihm. »Überlaß diese delikate Angelegenheit nur mir. Ich weiß ...«

»Nein, Mutter«, sagte er fest, »ich kenne alle Mädchen, die dir gefallen. Und mir gefallen sie nicht. Sie lispeln alle, sie haben die Angewohnheit zu kichern, wenn sie einen anschauen ...«

»O Sohn!« sagte die Königsmutter. »O Kind!«

»Es ist wahr«, sagte er. »Es ist genau so wie ich sage.«

»Es ist nicht so!« verwies sie ihn streng.

»Ich habe sie alle gesehen, Mutter. Ich könnte ebenso gut mit einem Dornbusch ins Bett gehen wie mit einer von denen.«

»Kind!« sagte sie streng.

»Ich würde eher die Bienenkönigin heiraten und dabei sterben als eine von denen auch nur mit der Feuerzange anzurühren.«

»Man muß an die Thronfolge denken«, beharrte sie. »Ein König kann nicht unter seinem Rang heiraten. Und deine Mutter ist die einzige Person, die in der Lage ist, dir eine Frau zu suchen.«

»Oh!« rief Eochaid und sprang auf. Er sah vor sich all jene Frauen, welche die Mütter seiner Räte an eben diese Räte verheiratet hatten, und seine Seele bebte bei diesem Anblick und bei dem Gedanken, daß auch er von seiner

Mutter in eine solche Ehe hineingetrieben werden könne. »Ha!« sagte er, »wenn einen entweder die Mütter oder die Götter verheiraten, dann entscheide ich mich für die Götter. Man verliert weniger das Gesicht dabei.«
Innerhalb einer Stunde waren seine Boten unterwegs, und ein Rennen begann, von dem ganz Irland sprach. Ein Wettstreit entstand unter ihnen von einer Inbrunst und tödlichen Entschiedenheit, wie man das zuvor im Land nicht gekannt hatte. Sie hielten Ausschau nach den schönsten Frauen von Irland. Es war nicht nur die Belohnung, die dem Gewinner versprochen worden war, was sie antrieb, noch waren es die wilden Befehle des Königs.
Hier fühlte sich ihre eigene männliche Natur angesprochen, und jeder von ihnen murmelte innerlich – »Ich erkenne eine schöne Frau, wenn ich sie sehe. Und ich werde die schönste Frau, wenn ich sie sehe, auch erkennen. – Sie muß«, so stellte sich ein solcher Bote vor, und diese Vorstellung tauchte seine Seele in Verzückung, »... so und so alt sein, etwa die und die Haut haben, sanfte Kurven und ...«
Die Wagenfahrer jagten unter wilden Träumen dahin, und alle waren sie verliebt.

ZWANZIGSTES KAPITEL

»Dies ist eine ausgezeichnete Geschichte«, sagte Fergus mac Roy, »und ich bin voller Neugierde, was da noch kommen wird.«

»Man kann in der Tat neugierig werden«, erwiderte Maeve.

»Mir scheint auch«, sagte Fergus, »daß dieser König nicht zum Glück geschaffen war.«

»Er war nicht glücklich«, sagte Maeve nachdenklich, »aber er war auch nicht unglücklich.«

»So muß es wohl sein«, sagte Fergus. »Aber hören wir, wie er sich weiter aufführte.«

»So ...«, sagte Maeve.

Obwohl Etain in dem relativ kleinen Haushalt eines Häuptlings aufwuchs, wurde sie doch in großem Stil erzogen. Ihr Vater und ihre Mutter beteten sie an, denn für sie war sie hübsch, liebenswert und sanft.

Alle ihre Leute und die ganze weitere Nachbarschaft bewunderten sie. Sie wärmte ihnen das Herz, denn sie war schön und edel, hatte eine besondere Art zu sprechen und freundlich und aufmerksam zuzuhören. Wenn sie an all diese Leute dachte, erschienen sie ihr schön. Und wenn sie vor ihnen stand, konnte sie sie vergessen. Die Schönheit umgab sie derart, daß nichts sie verletzten konnte. Man liebte sie, ohne weiter darüber nachzudenken, hoffnungslos, grenzenlos, mit derselben Zuneigung, die man der Sonne oder einer Blume entgegenbringt. Und wann immer Etain einem jungen Mann in die Augen schaute, las sie darin nichts anderes als Liebe.

Nun hatte Etain eine bestimmte Angewohnheit, die auch ich habe, denn sie ist in unserer Familie erblich und fällt mit unserem *Ges* zusammen.

Die Angewohnheit bestand darin, daß sie sich nur in fließendem Wasser baden oder waschen mochte, also in einem Fluß, einer Quelle oder in einem Brunnen.
An jedem Tag lief sie zu einer bestimmten Quelle, die außerhalb der Burg ihres Vaters lag. Sie ging ohne Begleitung dorthin, wo sie schon als Kind gebadet hatte.
In der einen Hand trug sie ihren goldenen Kamm und ein Handtuch, in der anderen Hand hielt sie ein silbernes Bekken, auf dessen Rand vier goldene Vögel saßen, und das mit kleinen blauen Steinen verziert war. – »Und dieses Bekken«, sagte Maeve mit Freude in der Stimme, »gehört jetzt mir, und ich wasche mich jeden Tag darin.« –
Etain hatte sich gewaschen, ihre Zöpfe geflochten und zögerte den Aufbruch nur deswegen hinaus, weil die Sonne schien und es angenehm war, im Gras zu liegen und den Geräuschen des Wassers zu lauschen. Es gefiel ihr, entrückt vor sich hin zu träumen, wie das alle Mädchen tun. Als sie nun so träumte, hörte sie das Nahen eines Streitwagens, und die Straße entlang, auf die sie hinschaute, kam ein so prächtiger Wagen, wie man ihn in dieser Gegend sonst nicht zu sehen bekam. Er war mit vier Pferden bespannt, so schlank und stolz, daß Etain, die ja den Beinamen ›von den Stuten‹ trug, gar nicht anders konnte, als sie mit Freude zu betrachten.
Der Wagenlenker hielt an. Er trug ein goldenes Band um die Stirn als Abzeichen seiner Würde und kam auf die Quelle zu. Aber in eben diesem Augenblick stieg auch der Herr dieses Wagens aus und schickte sich ebenfalls an, zur Quelle zu gehen. Er sah machtvoll, edel und schön aus. Er hatte den Gang eines Königs. Machtvoll blickte er das Mädchen an, dessen Herz so heftig zu schlagen begann, daß ihre Lippen und ihre Wangen von einem rosigen Feuer durchglüht wurden.

EINUNDZWANZIGSTES KAPITEL

Es gehört sich nicht, daß Boten oder Leute niederen Standes sich in die wichtigen Angelegenheiten dieser Welt einmischen, und so waren es auch nicht die Boten, die eine Frau für Eochaid fanden.

Während sie unterwegs waren und über Monate hinweg suchten, bereiste Eochaid seine Besitzungen im Norden. Die Reise hatte sich lange hingezogen, und seine Pferde hatten sich heiß gelaufen. Als der König bemerkte, daß sie ohne das rechte Feuer gingen, rief er dem Wagenlenker zu: »Gib den Tieren etwas zu trinken!«

Der Wagenlenker hielt nach einer Quelle Ausschau, und bald kamen sie an eine. Als der Wagenlenker abstieg, um die Pferde zu tränken, stieg auch Eochaid aus, denn er sah vor sich ein Mädchen an der Quelle.

Neben ihr stand ein silbernes Becken mit vier Vögeln, und es war eingefaßt mit blauen Steinen. Neben ihr im Gras lag ein purpurner Mantel mit langen silbernen Fransen. Ihr Kleid war aus grüner Seide und hatte hinten eine lange, mit Goldstickereien verzierte Kapuze; an jeder Brust, tief genug, um die Brüste zu halten, hatte es eine kleine Schüssel aus Gold, und an jeder Schulter eine flache silberne Schließe.

Die Sonne schien auf das Mädchen hin, und ihr Kleid, das Becken und der Schmuck leuchteten zurück gegen die Sonne. Es war nicht nur ihr Gerät und ihr Schmuck, was da blitzte. Heller noch als Gold und Silber leuchtete ihr gelbes Haar. Sie trug es in zwei große goldene Zöpfe geflochten, und an jedem Zopf saßen vier Spangen, an deren Enden je eine kostbare Perle funkelte.

Eochaid sah all das, denn er schaute sich fast die Augen aus dabei, und was er sah, erfüllte ihn mit Bestürzung.

Ihre schneeweißen Arme schauten aus den Armlöchern ihres Obergewands, und ihre Hände, lang, schön geformt und geschickt, waren erhoben gegen das Haar hin.
Ihre Hände und Arme waren weiß wie Schnee, und ihre Stirn ebenso, und darunter lagen zwei Augen von so tiefem und sanftem Blau wie es Eochaid noch nie gesehen hatte. Und darunter dann zwei Lippen, halb geöffnet vor Erstaunen, rot wie die Beeren am Eibenstrauch.
Das weiche Licht des Mondes strahlte von ihrem Gesicht. Ein Ausdruck von Stolz spielte um ihre Braue. Und auf jeder Wange zeigte sich, verschwand wieder und zeigte sich abermals ein Grübchen der Freude, während sie den prächtigen jungen Mann beobachtete, der ganz Auge zu sein schien, und dem es die Sprache verschlagen hatte.
Er stand da, starrte zu ihr hin, wußte kein Wort zu sagen oder fand in sich nur Worte, die völlig unverständlich geklungen hätten. Der junge König war errötet. Er zitterte und stotterte und wußte nicht länger, was er konnte und was er nicht konnte.
Auch Etain errötete, aber sie zitterte nicht, obgleich sie eine Jugend und einen Glanz vor sich sah, die der ihren glichen. Mit einem Schlag veränderte sich für Eochaid alles, das bisherige Leben war wie ausgelöscht. Er wurde vom Mann zum Liebenden, vom König zum Verliebten. Und das bedeutet, er war ein Mensch, der erfüllt war von Erstaunen, Bestürzung und Entzücken.
Er war erstaunt zu erfahren, wie wunderbar ein Mädchen sein kann. Er war bestürzt, wie unwürdig er war, dieses Mädchen auch nur anzuschauen. Und er war entzückt von der Vorstellung, daß dieses Mädchen, und nur sie, seine Braut werden würde.
Er fragte sie nach ihrem Namen und nannte den seinen. Er fragte sie, wo sie lebe und erklärte, er wolle sie dorthin begleiten.

Die Leute in der Nachbarschaft wurden sehr aufgeregt, als sie ihren Liebling auf einem so schönen Wagen, gezogen von so wunderbaren Stuten vorbeifahren sahen. Und jene, die in diesem Wagen fuhren, sahen so herrlich aus, daß alle überzeugt waren, sie, die Pferde und der Wagen mußten aus dem Feenreich stammen.
Eochaid lernte die Eltern seiner Geliebten kennen, und als er am nächsten Tag aufbrach, ritten Etain, ihre Leute und eine Gruppe von Reitern mit ihm.
Denn wie kann es da ein Zögern geben, wenn der Großkönig die Stirn runzelt und donnert und erstaunt ist, daß man ihm so etwas wie eine Verzögerung antun will? Sie waren unterwegs nach dem Tara der Könige, der erhabenen Stadt, dem geheimen Ort an der Straße des Lebens.

ZWEIUNDZWANZIGSTES KAPITEL

Eochaid sagte Etain alle Dinge, die bei solcher Gelegenheit gesagt werden sollten. Denn er gehörte zu den Menschen, die alles aussprechen, was ihnen auf dem Herzen liegt. Und sie hörte seine Erklärungen und Ermahnungen mit frohem Staunen an.
Wenn sie ihn ansah, entdeckte sie, daß sie es nicht ungern hatte, dererlei zu hören. Sie staunte mehr und mehr, welches Interesse solche Erklärungen bei ihr fanden, und noch mehr erstaunte sie, daß ihre Neugierde sich nie erschöpfte. Denn sie spürte, daß sie um jeden Preis genau das verstehen mußte, was Eochaid meinte.
Seinen Worten lauschte sie eifrig, aber wenn er sprach, und wenn er sie ansah, dann war etwas in seinem Blick und in seinen Fingern, das nicht in seine Rede gelangte.

»Du bist der strahlende Sproß des Glücks«, sagte Eochaid. »Du bist das zarte Reiß eines starkstämmigen Waldes. Ich liebe dich.«
»Wirklich?«
»Bei meiner Seele und meiner Schwerthand!« versicherte Eochaid.
»Und wie liebst du mich?« fragte Etain und horchte intensiv, bezaubernd und erwartungsvoll hin.
Der junge König holte tief Luft und stieß die Luft monströs und hilflos wieder aus. »So sehr«, sagte er und warf sich mächtig in die Brust.
»Auf diese Weise also«, sagte Etain, und ihre Augen strahlten ihn süß und durchdringend an, daß er es kaum wagte, ihr ins Gesicht zu sehen und doch lieber gestorben wäre, statt wegzuschauen. Er nahm dann ihre Hand in die seine und betrachtete sie mit verzückter Aufmerksamkeit. Und mit demselben Erstaunen betrachtete er ihr Haar und ihre Wangen.
»Es ist eine alles umschließende Liebe!«, sagte er.
Und gleichzeitig, wenn er seine Augen schloß und mit blinden Lippen voran suchte, schien es Eochaid, daß etwas geschah, das nie auf der Welt zuvor geschehen war. Und wenn er ihre Lippen gefunden hatte, meinte er, dort sei eine unerschöpfliche Quelle, und er könne all seinen Durst löschen, und all seine Erinnerung werde vergehen, soweit sie nicht das Leben selbst betraf. Und Leben war eben nur das.
Und zu bestimmten Zeiten, wenn er ihre Hand hielt und in ihre Augen sah voller Verlangen, konnte er sagen: »Mein Herzblatt, meine Taube. Liebst du auch Eochaid wirklich?«
Und sie, die er so hielt und die es nie als lästig empfand, antwortete dann: »Gewiß doch, ja doch, ich liebe dich aufrichtig.«
»Nenn mich nicht dein Herzblatt«, sagte Eochaid mit

gebrochenem Herzen, »nenn mich auch nicht dein Lamm.«

»Und doch tue ich's«, sagte Etain. »Du bist ein Blatt an dem Baum, der ich bin, und du bist mein Lamm.«

DREIUNDZWANZIGSTES KAPITEL

Der Brautpreis war gezahlt, die Zeremonien vorbei, sie waren Mann und Frau. Und ob nun der König oder sein Volk glücklicher war, vermag niemand zu sagen.

Tag für Tag erwachte Eochaid zu neuer Freude. Nun war die Welt hell. Jetzt schien die Sonne. Und was für ein Mond war nun der Mond, der selbst aus der Nacht eine Schönheit machte!

Wie lieblich und leise war diese Welt!

Wie wunderbar erfüllt von allem, was nicht bekümmerte. Ziehende Wolken und Männer! Vögel und Blumen und Frauen. Sie kamen, sie verschwanden, sie kamen wieder, wenn man sie suchte.

Dünne kleine Kreaturen, sehnig und glänzend, zeigten ihre scheuen Bogensprünge vor Eochaid im Wald. Buschige und zottige Wesen auf dem freien Feld schienen ihm liebenswert. Auf jedem Baum sang ein Vogel allein nur für ihn. Jeder Busch hatte für ihn Blüten aufgesteckt, und die Luft selbst spann sich schimmernd und blitzend zwischen dem Gras und dem Himmel und dem Herzen aus – ja, all das war plötzlich tiefer und voller Unbekanntem.

Und in einem Augenblick konnten all diese Dinge verschwinden.

Mit einem Tür-Schließen wurden sie fortgeschwemmt, und da stand – Etain.

Nur Etain und Eochaid blieben übrig. Sie waren nicht allein, sie waren zusammen.
Sie waren nicht einsam, sie waren beisammen.
Sie waren nicht unbehütet, sie sorgten füreinander. Und da sie füreinander sorgten, mußte auch die Erde für sie sorgen. Und die ganze weite Welt mußte sie lieben, weil sie einander liebten. Trennung war etwas für jene, die man trennen konnte. Unglück kannten die, welche nicht zu lieben verstanden. Leben! Was war das? Tod! Nichts als ein Name. Aber für Etain und für Eochaid gab es keine Trennung. Und es gab kein Unglück. Und es gab weder Tod noch Mutmaßungen über ihn. Es gab nur Liebe und Lieben und Lieblichkeit. Es gab ihre Unternehmungen in einer erwartungsvollen Welt. Ihre Augen waren ein Universum, das man gespannt erwartete. Ihre Lippen und der Raum, wo sie sich trafen ... All das war Etain, war Eochaid.
Wie konnte er nur müde werden, ihr zu erklären, daß er sein Königreich, sein Volk und sein Leben liebte, aber daß er mehr als all dies Etain liebte?
Und mußte sie nicht solche Schwüre bezweifeln und versuchen, ihn bei einer unzureichenden Äußerung zu ertappen? Mußte sie nicht auf der Lauer liegen nach einem trägen Blick, den sie tadeln konnte, einer gefühllosen Äußerung, um darüber erstaunt zu sein?
Tatsächlich hatte er kaum Zeit zu entdecken, ob sie ihn tief und wahrhaft liebte, obgleich er sie anflehte, ihm genau das zu sagen, und dieses Sagen mit weiteren Wundern ihrer Zuwendung zu besiegeln, und abermals mit den Wundertaten ihrer Lippe oder ihrer Hand.

VIERUNDZWANZIGSTES KAPITEL

Das Festmahl der Hochzeit war zu Ende, und als die Gäste gingen, war das Glück des Königs bewölkt. Denn diese Leute konnten nicht länger seine Etain bewundern.

Zu sehen war sie nur für die Wachen, die Diener, die wiederum durch ihre Geschäftigkeit daran gehindert waren, sie angemessen zu betrachten. Eochaid befahl, daß ein weiteres Festmahl gefeiert werden müsse. Und er war nicht zufrieden, bevor die Wagen wieder anrollten, bevor er sah, wie erstaunt die Frauen dreinblickten, wie eifersüchtig sie wurden ob des Anblicks, den die Königin bot... und wie die Männer erstaunt waren und verzaubert. Wie sie ihre Frauen vergaßen, den König vergaßen, wenn sie nur einmal auf diese edle, langgliedrige, liebliche Frau schauten.

Er pflegte dann einen Mann, der in Bewunderung versunken war, mit einem Schlag auf die Schulter und einer königlichen Zurechtweisung zu wecken: »Na, habt Ihr keine besseren Sitten im Süden?« oder: »Na, na, Freund. Sind schöne Frauen in Connacht so selten?« mochte er zu ihm sagen. Andere wies er wie ein fürsorglicher Vater zurecht: »Auf seine eigene Frau zu schauen und dem König ergeben zu sein, sind wahrlich zwei gute Eigenschaften.« Edelleute, die sich eine solche Äußerung einhandelten, schauten ihn verwirrt und verstört an und verzogen sich irgendwohin, wo sie allein ihrer Unzufriedenheit nachhängen und davon träumen konnten, wie leer doch ihr Leben sei.

Und auch die Frauen, die ihm gefallen hatten, von denen er früher einmal angenommen hatte, sie seien von Zauberern aus dem Feenreich geschaffen, sah er nun abschätzig, fast verächtlich an.

Er fand, daß diese Lippen voller Wunder ihre kleinen Fehler haben, daß jene Schulter dort drüben, mit der eine Welt gefallen war oder stand, der angemessene Trostpreis zwar für einen Höfling sein mochte, aber entschieden nicht hinreichte, um die gewaltige Majestät der Krone zu schmükken.

Unter den Gästen befand sich auch Eochaids jüngerer Bruder Ailill, später bekannt unter dem Namen Aenguba, Der-mit-dem-Einen-Fehler.

Auch er betrachtete die Königin. Das wurde ihm nicht verwehrt, aber er bemühte sich nicht weiter um jene Intimität, von der er wußte, daß sie seinem Bruder gehörte.

Als die Gäste gegangen waren, fiel Eochaid auf, daß der Junge schlecht aussah. »Ailill«, sagte er, »geht es dir nicht gut?«

Er war erstaunt, als er die Frage stellte, denn die Männer seiner Familie wurden fast nie von Krankheiten heimgesucht.

»In der Tat, Bruder«, sagte Ailill, »ich glaube, ich fühle mich nicht wohl.«

»Du siehst bleich und ausgezehrt aus. Das Mark scheint aus deinen Knochen gewichen, und du bist nur noch die Hälfte von einem halben Mann. Was hat das zu bedeuten?«

»Es ist eine Krankheit«, erwiderte Ailill.

»Eine Krankheit? Ha! Bei meiner Schwerthand!« rief Eochaid.

Am liebsten hätte er die Krankheit verbieten lassen, aber das Aussehen seines Bruders bekümmerte ihn. Er wollte etwas gegen die Krankheit unternehmen. Er legte schützend den Arm um die Schultern des Jungen.

»Du bleibst bei mir«, sagte er tröstend. »Etain wird dich pflegen. Mit dieser Krankheit werden wir schon fertig werden«, und dazu hauchte er noch ein »Ha!« in die Luft. Dann ging er in das Gemach seiner Frau.

»Meine Liebe, mein Vogel, mein einziges Lamm«, sagte er.

»Nicht doch«, erwiderte Etain ernst. »Meine Liebe, mein

Vogel, mein Lamm hast du mich schon tausendmal genannt. Es liegt keine Ehre in Worten, die einem so leicht über die Zunge gehen.«

»Meine Gebirgsbeere«, begann Eochaid hoffnungsvoll.

»Das sagt man zu jedem Mädchen der Welt«, schluchzte Etain, und es schien wirklich, so als müsse und werde sie weinen.

Bei diesem Gedanken überfiel Eochaids Seele schiere Verzweiflung. Er schlug sich auf die Brust und donnerte mit lauter Verzweiflung: »Ich liebe dich, Etain. Etainchen, ich liebe dich!«

»Aber wie liebst du mich?« fragte Etain. Worauf Eochaid wieder einmal mit aller Gewalt Luft in seine Lungen sog und sie paffend und hilflos ausstieß. »Auf diese Weise«, sagte er und schlug sich mächtig auf die Brust.

»So sehr liebst du mich wirklich?« fragte seine Frau.

»Nur so!« rief Eochaid. »Aber«, sagte er, und ein monströses Elend überkam ihn, »nun darfst du auch nicht ›Liebstes‹, ›Lamm‹ und ›einziger Vogel‹ zu mir sagen.«

»Bestimmt nicht«, sagte Etain. »Du bist meine Liebe, mein Lamm. Du bist mein einziger Vogel.«

FÜNFUNDZWANZIGSTES KAPITEL

Ich habe etwas ganz vergessen«, sagte Eochaid dann.

»Was hast du ganz vergessen?« murmelte die Königin, denn in Wirklichkeit traf sich ihre Vergeßlichkeit mit der seinen. Und sie waren willens, alles zu vergessen, außer einander.

»Meinen Bruder!«

»Wir werden uns schon wieder an ihn erinnern!« rief Etain. »Noch ein kleines bißchen hin, und wir werden uns an alles wieder erinnern.«

»Ich mache mir Sorgen«, sagte Eochaid.

»Mach dir keine Sorgen«, riet sie, »du mußt dir keine Sorgen machen.«

»Er ist krank«, sagte Eochaid. »Er ist ernsthaft krank.« Und er und Etain dachten genauer über die merkwürdige Neuigkeit nach.

»In ein paar Tagen muß ich meine Prinzen besuchen«, fuhr Eochaid fort, »und es liegt mir auf der Seele, daß der Junge sterben könnte, wenn ich nicht da bin.«

»Oh!« sagte die Königin.

»Er sieht wie einer aus, der dem Sterben nahe ist«, meinte Eochaid. »Ich legte ihm meinen Arm um die Schulter, und er brach fast zusammen. Er sieht ausgezehrt und bleich aus und hält sich nur noch mit großer Anstrengung aufrecht.«

»Ach!«

»Ich habe ihm gesagt, du würdest ihn pflegen.«

»Das werde ich gewiß tun«, antwortete sie. »Und er wird wieder gesund werden. »Mein Lamm«, fuhr Etain fort, »du könntest so krank sein wie du wolltest. Ich würde dich immer wieder gesund bekommen.«

»Gewiß würdest du mich noch von den Toten erwecken.«

»Aber wie soll ich das bei einem andern Mann anstellen?« fragte sie und streckte mitleiderheischend ihre Hände aus.

»Deine Hände!« sagte Eochaid, und betrachtete sie verzückt. »Deine Augen!« rief er, als sei von Wundern die Rede. »Ich bin überzeugt, du kannst ihn retten«, sagte er dringlich.
»Ich will alles tun, was ich kann«, murmelte sie.
»Und wenn er nun stirbt«, sagte Eochaid und verfiel in ein düsteres Schweigen, »dann sorge dafür, daß die Riten für ihn vollzogen werden. Sieh darauf, daß man den Stein für ihn errichtet, mit Ogham tief eingekerbt, die davon künden, wie sehr wir ihn liebten, und wer er war.«
»Er wird nicht sterben!« rief Etain wild. »Ich erlaube es ihm einfach nicht, daß er stirbt.«
»Das habe ich ihm schon gesagt«, brach Eochaid erregt aus. »Genau das habe ich ihm gesagt. Aber er hat dreingeschaut, als glaube er mir nicht. Er hat gelächelt und ist davongewankt, und als ich ihm nachgerufen habe, um herauszufinden, wo er hingeht, hat er nur geantwortet, er gehe zu Bett.«
»Ich werde ihn heilen«, sagte Etain. »Ich werde deinen Bruder nicht sterben lassen.«
Darauf faßte sich Eochaid ein Herz und brach auf, um seine Ländereien zu besuchen und mit seinen Prinzen Rat zu pflegen.

SECHSUNDZWANZIGSTES KAPITEL

Was nun Ailill betraf: er war tatsächlich zu Bett gegangen, und es ging ihm täglich, um nicht zu sagen stündlich schlechter. Als Etain ihn besuchen kam, war sie erschreckt, wie schlecht der Junge aussah.

Seine Wangen waren eingesunken, sein Haar hing über einer dünnen Blässe, die ihm das Aussehen eines Toten gab, und unter dem Bettuch glich sein Körper einem einzigen langen Knochen.

Da stand sie nun und starrte auf diese Ruine einer Jugend. Sie verfiel in Nachdenken, und ihre Spekulationen erregten sie und machten ihr Angst. Denn Ailill schien schon nicht mehr von dieser Welt, und voller Panik mutmaßte sie, so müsse es sein, wenn der Tod komme. Einmal werde er auch sie holen kommen und alle andern, die da lebten. Die Männer, dachte sie, die Tiere und Bäume, sie werden alle sterben. Sie sterben jetzt alle dahin. Und wo immer sich auf der Erde Leben regt, neigt es sich langsam dem Tode zu. Es wird vergehen, und danach wird sich niemand mehr daran erinnern.

Sie sah sich schon selbst eines Tages vom Tode angerührt, und sie zuckte zusammen beim Schrecken dieser Berührung. Sie sah andere um ihr Bett stehen, so wie sie nun an Ailills Bett stand, sah, wie sie hilflos die Hände hängen ließen und sie mit dem Gedanken im Sinn betrachteten: wir sind machtlos. Und sie sah voraus, daß sie lang aufseufzen und von ihnen gehen werde, während sie noch gar nicht recht wußten, ob sie tot war oder noch lebte.

Noch so voller Stärke und sich zugleich doch der Hilflosigkeit ganz bewußt! War das nicht ein Unrecht, war das nicht ein Spott auf alles, was wirklich schien?

Sie sah auf das starre Gesicht, in dem jetzt nur noch die Augen lebten. Sie sah sie, riesig und ernst. Dunkle Löcher des Traumes und der Resignation. Sie sah sie, und der Traum schaute sie suchend und bittend an.
Vor diesem Blick verbannte sie jeden Gedanken, und, soweit ihr das möglich war, schob sie auch ihre Hilflosigkeit fort. Sie beugte sich über den Jungen, sie lächelte ihr Leben auf und in ihn. Sie lachte ihm in die Augen, und in dieses Lachen legte sie all ihre Schönheit, Lebendigkeit und ihr Drängen.
»Lieber Ailill«, sagte sie. »Es geht dir schon viel besser.«
Er schloß die Augen. Sie vermochte ihn nicht mehr zu sehen; sie sah nur noch seine Maske und auch er sah sie nicht mehr. Er hatte sich in sich selbst zurückgezogen, oder der Tod hatte ihn an sich gezogen.
Gegen diese geschlossenen Augen, dieses verschlossene Gesicht bot sie ihren Geist vergeblich auf. Sie vermochte sie nicht aufzuschließen, noch eine jener Linien zu glätten, die das Schicksal darin eingetragen hatte.

Zitternd und erschreckt ging sie fort und sagte zu ihrer Seele: »Wozu bin ich überhaupt von Nutzen? Wozu ist das alles von Nutzen?«
Er war jung und lag im Sterben. Und doch versicherten ihr die Ärzte, er leide an keiner Krankheit.
»Was ist es?« fragte sie heftig, als könne sie damit auf den königlichen Leibarzt jene Weisheit übertragen, an der es ihm offenbar mangelte.
»Es fehlt ihm nichts«, sagte Fachtna, »er stirbt nur eben.«
»Aber man stirbt doch nicht einfach so!« rief sie, und in ihrer Verzweiflung, die ihr unerträglich vorkam, rieb sie sich die Hände.
»O doch«, erwiderte Fachtna. »Man stirbt, wenn man sterben will.«

»Keiner will doch sterben«, sagte Etain.
»Oder weil man etwas haben will, ohne das man nicht leben kann.«
»Was gibt es denn, was ein Mann so begehren könnte?«
»Das will er mir nicht sagen«, antwortete der Arzt. »Er will mir sein Geheimnis nicht verraten.«
Aber wütend rief Etain dazwischen: »Mir wird er es sagen. Und wenn das, was er braucht, in dieser Welt gefunden werden kann, wird er es von mir bekommen.«

SIEBENUNDZWANZIGSTES KAPITEL

Ich bin ein alter Mann«, sagte der Arzt. »Ich habe viel vom Leben und Sterben gesehen, und viel von dem, was dazwischenliegt. Und sei es nur durch meine eigenen Söhne: ich kann mich an die Jugend erinnern, an alles, wonach sie verlangt und wofür sie willens ist zu sterben.«
»Dann müßt Ihr viele Erinnerungen haben«, meinte Etain, schaute auf seine Stirn und in seine friedlichen Augen, die ihn schön machten.
»Es gibt zwei Dinge, die einem Jungen den Tod bringen können.«
»Und die wären?«
»Eitelkeit kann die Ursache sein, daß ein junger Mann sterben muß, und die Liebe kann ihn töten.«
»Liebe könnte auch mich töten. Das ist wohl wahr«, sagte die Königin.
»Wir kennen unseren Ailill«, sagte der Arzt, stand auf und ging im Zimmer auf und ab. »Er ist bei uns aufgewachsen. Es gibt keinen besseren Jungen auf der Welt. Er ist stolz, aber er ist nicht eitel, und sein Herz kennt auch nicht ein

einziges Laster.« Und während er das sagte, setzte er sich wieder, seine Zuneigung bezwingend, da ihn seine Erinnerungen zu überwältigen drohten.
»Meint Ihr, daß er verliebt ist?« fragte Etain.
»Er ist meiner Hilfe entzogen.«
»Er ist nicht aller Hilfe entzogen«, sagte sie. »Irgendwo ist für ihn Hilfe. Wo immer auch die Frau, die er liebt, sein mag – dort ist sein Leben, und sie kann ihn retten, wenn wir sie finden können.«
»Er wird nicht ein Wort über sie verlauten lassen«, sagte Fachtna. »Sie ist seine Rune, sein tödliches Geheimnis. Er hat seine Augen geschlossen und geht in sich zu ihr zurück, zu seinem Herzen, zu seinem Tod.«
»Ach so«, sagte Etain.
Und sie ging im Zimmer umher, ganz entflammt von Aufregung und Eingebung. »Ihr wißt nicht, wie man fragen muß. Ihr seid nur ein Mann, und was versteht schon ein Mann von Männern ...? Wenn es ein Mädchen wäre, wie rasch könnte es ihm die Lippen öffnen. Einem Mann wird er nichts sagen. Er schämt sich, es einem Mann anzuvertrauen.«
»Das mag schon sein.«
»Ich werde sein Arzt sein und seine Vertraute. Und Ihr werdet sehen, was für ein guter Arzt Etain ist.«
»Wenn Ihr ihn zum Sprechen bringt«, sagte der Doktor, »wird er allein davon schon halb geheilt sein. Wenn er nur davon sprechen kann, entlastet ihn das gewiß. Und wenn er zweimal spricht, ist er von der ganzen Last frei.«
»Er wird zwei- und dreimal sprechen«, sagte Etain. »Er wird seine Last ganz loswerden. Geht jetzt«, fuhr sie fort, und sie sagte es sehr dringlich und entschlossen. »Bereitet ihn auf meinen Besuch vor. Sagt ihm, er müsse nett zu mir sein. Sagt ihm, daß ich die Königin bin, und daß er zu der Königin nett sein muß. Sagt ihm, seine liebe Schwester kommt,

und er müsse nett zu ihr sein. Sagt ihm all das, auch wenn er Euch nicht zuhören will, und schickt nach mir, sobald Ihr es ihm gesagt habt.«
»Gut«, sagte der Arzt. »Ich werde ihm all diese Dinge sagen. Und vielleicht vermag seine Schwester mehr für ihn zu tun als ich oder meine Brüder es können.«

ACHTUNDZWANZIGSTES KAPITEL

Sie trat an sein Bett, vor dem sie nun schon so häufig gestanden hatte, und von dem sie so oft schon voller Furcht und Hilflosigkeit fortgegangen war. Jetzt waren ihre Hände nicht hilflos, denn es gab etwas, das sie versuchen konnte, und vielleicht würde es ihr auch gelingen.
Nach wem immer er auch verlangt, sagte sich Etain, ich werde versuchen, durch Überraschung ihm den Namen zu entlocken. Und wenn sie in Ketten geschlagen liegt, sie muß kommen und geben, was sie nur geben kann, oder ich werde sie ermorden.
Ha! dachte sie, und der ganze Donner und die Intensität der Ausdrucksweise von Eochaid hallte in ihren Gedanken wider, immerhin bin ich die Königin! Und sie ließ ihr Bewußtsein wie ein scharfes Schwert vorschnellen gegen die unbekannte Frau, um Gehorsam von ihr zu erzwingen. Wenn Eochaid hier wäre, dachte sie, wie würde er diese Frau einschätzen? Er würde mit ihr fertig werden und sie mit seinem Willen beeindrucken wie ein Daumen, den man in Wachs drückt. Sie würde rennen, sie würde fliegen, wenn er es befehlen würde. Und sie wird auch rennen, sie wird auch fliegen und wird tun all das, was ich ihr befehle!

»Ailill, mein Herzschlag, mein lieber Ailill«, sagte sie, und ihre Stimme klang gedämpft wie ein kleiner Wind, sanft und vertraut wie das Lied eines Vogels an seinen nahen Gefährten. »Willst du nicht mir in die Augen sehen? Magst du nicht mehr deine Etain?«
Er öffnete seine Augen, und ein Traum sah sie an. Ein Traum, der zitternd auf ihr lag und um sie war. Und es war ein Traum von Liebe, Tod und Abschied.
»Mein Lieber!« sagte sie. »Liebst du mich nicht mehr?«
Bei diesen Worten schlug er die Augen auf, als seien sie in eine Flamme hineingeschleudert, und er suchte vergebens in diesem offenen Gesicht wie ein Gejagter nach einem Platz, um sich zu verstecken.
»Ich sterbe«, sagte er. »Ich sterbe.«
»Liebe tötet nicht«, sagte sie leise.
»Wie willst du das wissen?« flüsterte er.
»Bin ich nicht eine Frau?« sagte Etain. Und nun überkam ein Zittern, eine große Erregung Ailill, so, als habe ihn der Tod am Hals gepackt und wolle alles Leben aus ihm pressen.
»Du liebst mich nicht«, stöhnte er. »Du kannst mich unmöglich lieben.«

Eine Glocke des Schreckens läutete mit einem unsicheren Ton in Etains Ohren. Ihre Lippen öffneten sich, aber ehe sich ihr der Schrei entrang, preßte sie ihr Gesicht auf das Bett und erstickte ihn. Und sie verharrte dort in einem Beben des Unbewußten und in einem nicht wahrzunehmenden Horchen. Sie hörte diese dünne, flüsternde Ekstase: »Etain, Etain, o Etain!«
Sie spürte, wie seine Finger ihren Kopf berührten, in ihr Haar griffen, und wieder hörte sie die Stimme: »Etain, Etain!«
Sie hob ihren Kopf, und blasse Lippen lächelten ihn an.

Ihre Augen schwer vom Traum und der Resignation, blickten freundlich auf ihn hin, aber sie konnte nicht sprechen. Sie mußte wieder und wieder schlucken, als sei es ein Gebirge, das sie verschlingen müsse.
»Ailill, mein Geliebter«, sagte sie. »Mein armer Ailill!«
»Der Großkönig«, stammelte er.
»Ich werde dir alles geben, was du dir wünschest«, sagte sie.
»Mein Bruder«, sagte er, und Etain schloß ihre Augen.
»Ich werde dir alles geben, was du dir wünschst«, sagte sie.
Eine große Erschütterung überkam sie beide, und für lange Zeit hielten sie die Augen geschlossen, und es war nichts Lebendiges mehr an ihnen außer diesem Zittern.

NEUNUNDZWANZIGSTES KAPITEL

So begann Ailill zu genesen. Die Ärzte wunderten sich. Jedermann wunderte sich, wie rasch er sich aus dem Zugriff des Todes freigemacht hatte. Sie meinten, Etains Hände, ihre Augen oder ihre Stimme müßten zu Zauber fähig sein. Es war bekannt, daß die Hände eines Königs selbst einen hoffnungslos Kranken heilen können, aber den Händen einer Königin schrieb man diese Fähigkeiten nicht zu. Die Leute wunderten sich und kamen zu ihr mit ihren Leiden, weil sie meinten, sie könne sie heilen; sie heilten sich selbst und so wurden sie von ihr geheilt.
Tag für Tag saß sie an Ailills Bett, und der Strahl der Liebe, den sie ihm gezeigt hatte, war immer noch in ihren Augen. Die Hand, die so zärtlich auf der seinen gelegen hatte, wurde nie zurückgezogen, wenn seine Hand jetzt nach ihr suchte. Aber sie sprach nicht viel. Es schien ihr, Worte seien zu schwierig und unnütz. Sie konnte sich auch an viele

nicht mehr erinnern. Und jene, an die sie sich erinnern konnte, schienen ihr nicht angemessen.

Manchmal, wie aus einem Nichts, erhoben sich plötzlich Worte, unerbeten, ungesucht. »Meine Liebe, mein Vogel, mein Lamm«, hörte sie ihr Herz sagen, oder jemand flüsterte es ihrem Herzen zu. Aber diese Worte konnte sie nicht wiederholen. Es waren Worte, die anderswo hingehörten. Sie waren einem heilig, der abwesend war, und sie würden von einem anderen Mann als dem Abwesenden nicht verstanden werden.

Und wenn sie in dieser traumbeladenen Stille spürte, daß ihre Hand von einer fiebrigen Hand gepreßt wurde, hörte sie ein Flüstern, wieder und wieder: »Etain, o Etain, ich liebe dich!«

Worte, die aus einer gewaltigen Entfernung auf sie zutrieben.

»Wie liebst du mich? Sag mir genau, wie du mich liebst?«

Aber sie konnte diese Worte nicht sagen, denn auch sie konnten nur zu dem gesprochen werden, der abwesend war, und ergaben nur für ihn einen Sinn. Ihre freundlichen Augen mußten somit alles Sprechen übernehmen.

»Lieber Ailill«, konnten sie sagen, und wieder: »Ich wußte, daß du gesunden würdest.«

»Für dich«, sagte er, »es ist nur für dich.«

»Ich wußte, daß ich dich heilen würde«, sagte sie. Und sie ermunterte ihre Seele, so daß ihre Augen lachten und ihre Lippen lachten und ihre Hände Lachen auf seine Hände übertrugen.

Sie spürte, er unternahm alle Anstrengungen, war ganz Wille, zu gesunden, rascher als dies ein Wunder hätte bewirken können. Seine Genesung verlief so schnell, wie die Krankheit über ihn gekommen war.

Der Tag kam, an dem der große Junge nicht länger zu Bett lag. Der Tag, an dem er durch die Gänge lief, sich hinaus auf

die Felder wagte. Und dann kam der Tag, an dem bezahlt werden sollte, was versprochen worden war.
»Heute nacht!« sagte Ailill. Seine Augen glänzten, und seine Stimme war von trockener Heiserkeit, und er wagte kaum sein eigenes Geflüster zu hören. »Heute nacht, im Garten des Palastes: in der Hütte des Druiden. Er wird nicht da sein ... Heute nacht ...!«
Er wird nicht da sein, dachte Etain, er ist mit dem König fort!
Sie hob ihren Kopf und sah den Jungen majestätisch an. Ein Blick wie er ihn nie zuvor gesehen hatte. Er meinte, es blicke ein Adler ihn an.
In ihrem Bewußtsein hallte der wahre Donner und Tonfall dessen, der abwesend war.
»Bei meiner Schwerthand!« sagte ihre stolze Seele.
Aber ihre Lippen sagten nichts. Sie lächelten plötzlich sanft, vergewissernd, und in ihrem Sinn tauchte plötzlich ein Gedanke auf, über den sie lange gebrütet hatte: Er würde wieder sterben, wenn ich ihm vorenthalte, was ich ihm versprach.

DREISSIGSTES KAPITEL

Die Nacht kam, war mondlos und ohne einen Stern. Eine Nacht voll dunklem Schweigen und dunklem Geflüster, und durch sie ging Etain ihren Weg. Zum ersten Mal jetzt lernte ihr Herz Schrecken kennen, hörte Schrecken, war Schrecken.

Es waren nicht nur ihre Augen, die vergeblich versuchten, die Dunkelheit zu durchdringen. Ihr Wesen war eine Festung mit hundert Wachtposten, die alle verzweifelt nach etwas ausspähten, das sie nicht sehen konnten, und die befürchteten, selbst gesehen zu werden.

Mit solch angespannter Aufmerksamkeit lauschte sie.

Hatte sie wirklich gemeint, sie sei eine Masse blinder Augen, sie, die sie ganz Ohr gewesen war, und deren Gehör sich verschloß und öffnete in unendlicher Folgen, so daß sie manchmal gar nichts hörte und die Welt wie tot war, so daß sie dachte, der Donner des Schweigens habe sie taub werden lassen und dann wieder mehr zu hören meinte als es überhaupt zu hören gab und dem Ohr eines Sterblichen zu hören vergönnt ist.

Ein Zweig knickte und krachte unter ihr.

Ein erschreckter Vogel und ihr erschrecktes Herz schossen dahin in einem Spurt der Angst.

Sie sagte: »Es ist nichts. Nur die Dunkelheit. Niemand kann mich sehen. Hier ist nichts außer dem Schweigen, keine Seele ist zu dieser Stunde im Freien.«

Aber jeder Schatten barg in sich noch einen tieferen, einen drohenden Schatten. Und jedes Schweigen enthielt ein anderes Schweigen, das zu brüllen schien.

Sie kam zu der Hütte des Druiden. Sie stand da und starrte auf die Eichentür, die sie fühlen, aber kaum sehen konnte, die sich auf einen Druck hin öffnen würde. Eingehüllt in die Dunkelheit ihres Umhangs und die der Nacht stand sie so starr schauernd da. Die Hand erhoben und nur einen Fingerbreit von der Tür entfernt.

Sie schaute sich nach allen Seiten um und sah nichts als eine unendliche Schwärze.

Sie schaute nach oben, in ein kummervolles Nichts, das schwarz und grau war, das keine Farbe hatte, das nicht dunkel genug war, um unsichtbar zu sein und nicht hell genug, um sich preiszugeben.

Sie streckte ihre Finger gegen die Tür aus, berührte sie aber nicht, denn ihr Herz sprach plötzlich genau und deutlich zu ihr in der Dunkelheit. »Meine Liebe, mein Vogel, mein Lamm«, sagte ihr Herz. Und sie war erstaunt. Sie lächelte ihrem Herzen beruhigend zu, so wie jemand einem Schoßtier zulächelt, das einen kleinen Fehler begangen hat, und dann drückte sie gegen die Tür.

Sie drückte langsam, und die Tür öffnete sich langsam. Sie drückte mit einer solch sanften, entschiedenen Ernsthaftigkeit dagegen, daß sie nicht anders konnte, als sich so langsam zu öffnen, wie es im Willen ihrer schlanken Hand lag.

Zuerst sah sie ein Licht. Einen dünnen Stab aus blassestem Gold.

Und nach einer weiteren Bewegung erschien ein breiter Schein, der flackerte, schwankte, sich zurückzog und wieder vorankroch.

Sie schaute auf die eine Fackel, die in einer Ecke an der Wand brannte und schloß die Tür. Sie blickte zur anderen Seite hinüber, wo ein Eichenstuhl an einem Eichentisch stand. Dahinter befand sich ein Alkoven mit einem Lager aus Farnkraut und Stroh und einem ledernen Überwurf sowie einem Schafvlies, das unordentlich gegen die Wand gedrückt dalag. Außer ihr war niemand im Raum.

Sie legte nicht jene dunkle Haube ab, unter der ihr Gesicht milchweiß gegen den Stoff stand, der es einrahmte. Ihre Augen liefen überall hin, und bald tappten ihre geräuschlosen Füße rasch von der Tür zum Tisch, vom Tisch zur Fakkel, von der Fackel zum Lager. Sie setzte sich auf das Lager, und in einem Todesschmerz von Ungeduld drückte sie ihre Brüste mit Händen, die ebenso zärtlich waren wie die des Mannes, den sie erwartete.

Sie sagte nicht: »Er kommt nicht.«

Sie sagte: »Es ist nicht geschehen, es ist nicht geschehen.«

Sie rannte zu der Fackel und warf sie auf den Boden. Und dann rannte sie zu dem Lager und krümmte sich dort zusammen. Sie schloß die Augen gegen die Einsamkeit der Dunkelheit, die den Raum erfüllte. Sie horchte auf vorsichtige Schritte, auf das leise Krächzen einer sich öffnenden Tür. Sie hörte die bloße Einsamkeit der Stille. Sie hörte ihr eigenes Horchen.

Sie hörte das traurige Geräusch ihres Herzens, das Erstaunen tickt wie eine Uhr die Zeit –

»Es ist nicht geschehen!«

EINUNDDREISSIGSTES KAPITEL

Am nächsten Tag traf sie Ailill.

Sie war nicht zornig. Sie war von Staunen erfüllt. Als er seine Hand nach der ihren ausstreckte, ließ sie ihm diese und brachte kein Wort hervor. Sie schaute ihn an, und ihre Lippen wurden zu einer roten Knospe von Fragen. Ihre Augen zeigten großes Staunen, und sie sah, daß der junge Mann tief verzweifelt war und kaum sprechen konnte.

Plötzlich empfand sie um ihn Angst.

»Lieber Ailill«, sagte sie sanft. Sie rang die Hände und es war, als liege ihre Seele in ihren Händen.
»Ich konnte nicht kommen«, sagte er. »Mein Diener und mein Ziehbruder hatten alles vorbereitet. Ich wartete hier, bis die Stunde kam. Sie kam, und in eben diesem Augenblick wurde ich ohnmächtig und blieb es die ganze schreckliche Nacht hindurch.«
»Lieber Ailill«, sagte sie.
Ihre Lippen waren trocken, und ihr Atem drückte sie plötzlich.
»Heute nacht!« sagte er.
»Oh«, stöhnte sie.
»Es war nur ein Zufall«, sagte Ailill, »es wird nicht noch einmal geschehen. Sieh, ich bin gesund und lebendig! Es waren meine eigenen Gedanken, meine eigene zu große Liebe, die es bewirkt haben! Den ganzen Tag über will ich nicht mehr daran noch an dich denken.« Er lächelte ihr rasch zu, ernst und drängend.
»Heute nacht!« sagte er.
Er küßte ihre Hände und klammerte sich dann verzweifelt an sie.

Wieder ging sie zur Hütte. Doch nun bereiteten ihr die Dunkelheit und das Schweigen keine Angst mehr.
Sie sah das eine nicht, noch hörte sie das andere. Den Mond vermißte sie nicht und sie achtete nicht darauf, ob jemand ihr folgte. Sie war unerhört erregt, Tumult und strömende Ungeduld. Was versprochen worden war, mußte geschehen. Was versprochen worden war, mußte gehalten werden.
Doch, sie war willens dazu. Sie war eifrig bestrebt, alles zu tun, alles zu geben.
Ailill . . . dachte sie. Und in Gedanken floh sie von ihm und zu ihm, wie zwei sich kreuzende Blicke. So schnell hatte es

sich ereignet, und doch war Zeit gewesen, um sich in Gedanken in einer fernen Zärtlichkeit zu baden. In ihrer Vorstellung schenkte sie ihm jene Zärtlichkeit, der sie schon begegnet war.

»Lieber Ailill . . .!« sagte sie.

Sie begann zu rennen. Zu spät kommen durfte sie nicht. Er mochte sterben, wenn sie auch nur eine Minute zu spät kam.

Er liebte sie! Und wie er sie liebte!

Wenn er nur wüßte, wie sehr sie sich wünschte, daß es geschah. Wenn er nur wüßte . . . daß sie ihm entgegenrannte!

Sie erreichte die Hütte, sie stieß die Tür auf, sie rannte hinein.

Er war nicht da.

Die Fackel brannte.

Sie sah wieder den Eichentisch und das Lager an der Wand. Ich bin zu zeitig, sagte sie sich. Ich bin ja ganz außer Atem. Ich werde auf ihn warten.

Sie legte ihre Kapuze ab und der Raum wurde von ihr erleuchtet, von ihrem seidigen und silbrigen Schimmer, von dem blitzenden Gold ihrer Haare, von dem schneeigen Weiß ihrer Arme.

Sie schloß nicht einmal die Tür. Ich werde auf ihn warten, dachte sie. Er kann noch nicht hier sein. Er ist nicht so ungeduldig wie ich.

Dann trillerte sie in die leere Luft, die keinen Schrecken mehr für sie hatte. Sie setzte sich auf das Lager. Sie setzte sich auf den Stuhl des Druiden am Eichentisch. Sie setzte sich auf den Tisch.

Dann sprang sie herab und lief zum Lager, legte sich auf den Rücken und streckte ihre leuchtenden Arme hoch über ihren Kopf, um zu sehen, wie weiß sie seien, wie weich und verlockend, um mit ihrem inneren Auge ihren ganzen

Körper sich vorzustellen, den sie ihm hingeben würde, der genommen werden würde, gierig, vollständig.
Eine Ungeduld, die eine veritable Wut war, überfiel sie augenblicklich. Sie richtete sich wütend auf und sprang hoch.
»Dieser Hund!« rief sie. Und ihr kleiner Mund war plötzlich in der Lage zu beißen. Ihre freundlichen Augen wurden zu Flammendolchen.
»Soll er sterben!« zischte sie. »Soll er tausendmal sterben, begraben werden und verkommen. Er läßt mich warten!«
In ihrem Gedächtnis rollte und grollte ein Donner.
»Ich bin die Königin, oder etwa nicht? Bin ich seine Buttermagd, daß er bewußtlos wird und in seiner Hütte bleiben kann ...«
Sie hätte sich am liebsten die Kleider zerrissen und das Gesicht. Doch sein Gesicht – sie hätte es mit heißer und kalter Gehässigkeit zerstückeln mögen.
Sie hätte ihm mit den Fingern die Augen eindrücken mögen! Sie hätte sie ihm auskratzen mögen ... Sie hörte draußen einen Schritt. Die Wut verließ sie, als sei sie nie dagewesen. Sie seufzte vor Hoffnung und Erwartung. Ihr Gesicht war ein einziges strahlendes Lächeln. Ihr Sinn war sanftmütiger als der einer brütenden Taube. Er sollte Gefallen an ihr finden ...
Ach, wie wollte sie ihm gefallen! Die Schritte hielten inne auf der Schwelle. Sie kamen über die Schwelle, und während sie die Pose eines auffliegenden Vogels annahm, wurde sie plötzlich aus dieser Pose mit einem Donnerschlag herausgerissen, denn es war nicht Ailill, der eintrat.

ZWEIUNDDREISSIGSTES KAPITEL

E war ein großer ernster Mann, der auf sie von seiner ganzen Höhe herabsah.

Er betrachtete sie, als sei er völlig gefangengenommen von etwas. Es erstaunte ihn, während es sie ihre Selbstsicherheit wiederfinden ließ. Nun, da sie nicht davonlaufen mochte vor diesem Mann, fiel ihr ein, daß sie doch eigentlich ihren Umhang aufnehmen und all dieses schimmernde Haar, diese strahlenden Arme und den Hals und die glänzende Seide, das Silber hätte verbergen sollen.

Sie stand da, und sie hätte eigentlich denken müssen: ich bin entdeckt! Der Gedanke lag nahe, ungedacht, aber nicht unbewußt. Unterdessen wurde ihr klar, daß sie zu ihm, dem Fremden, der nicht sprechen wollte, wohl oder übel sprechen mußte.

»Herr«, sagte sie, »wie seid Ihr hierhergekommen?«

»Etain«, sagte der Fremde. Er kam nicht näher, noch bewegte er sich, nicht einmal seine Augen regten sich.

Sie legte sich ihre Hand auf die Stirn, denn plötzlich war da eine Erinnerung. Etwas sagte ihr, sie kenne diesen Mann, und doch kannte sie ihn auch wieder nicht. Ihr Gedächtnis durchsuchte ihre Kindheit, blätterte Erinnerungen durch und erklärte ihr dann, daß er darin nicht zu finden sei. Und all das geschah in einem Augenblick, denn nicht einmal der Blitz ist so schnell wie der suchende Geist.

»Ich bin Etain«, sagte sie.

»Ich habe um dich getrauert«, sagte der hochgewachsene Mann. Sie betrachtete ihn mit scheuem Erstaunen.

»Ich bin Midir«, sagte er.

»Ich kenne Euch nicht«, sagte Etain.

Er machte zwei große Schritte auf sie zu und blieb dann stehen. »Einst hast du mich recht gut gekannt.«

»Ich habe Euch nie gekannt«, sagte Etain.
Sie griff sich wieder mit der Hand an die Stirn, denn ihr Bewußtsein hatte sie gerügt, und dann war es plötzlich eingeschlafen.
Sie war verwirrt, und um dem zu entgehen, flüchtete sie sich in Wut.
»Geht«, sagte sie. »Ich habe nicht auf Euch gewartet.«
Ein kleines Lächeln kräuselte die Lippen des Fremden: »Den Mann, auf den du wartest, habe ich geschickt.«
Sie konnte ihn nur anstarren.
»Und ich habe auch verhindert, daß er zu dir gekommen ist.«
Etain lachte verächtlich über ihn. »Seid Ihr von den Feen?« fragte sie spottend und wollte an ihm vorbei.
»Ich bin Midir von den Feen«, sagte er.

DREIUNDDREISSIGSTES KAPITEL

In gewissen Momenten kann unser Bewußtsein Argumente und Erklärungen einfach verachten, und mit der Selbstverständlichkeit, mit der eine Blume Regen aufnimmt, nimmt es dann eine Behauptung hin. So stand es um Etain. Was da gesagt worden war, akzeptierte sie als Wahrheit.

Aber noch niemand hat Wahrheit ohne Schrecken zur Kenntnis genommen, und es war ein bleiches Mädchen, das unter Midirs Arm Halt machte, vor ihm verzweifelt floh und nach einem Weg suchte, um zu entkommen. Es gab aber keinen Ausweg, und so warf sie einen Blick über die Schulter auf den großen Mann, der sich nicht bewegt hatte.
»Hast du Angst vor mir?« fragte er im Tonfall des Erstau

nens. Aber sie antwortete nicht, sondern starrte ihn weiter an, schwach und blaß, wie sie war. »Du hattest doch auch keine Angst, als du damals von mir zu Angus davongelaufen bist!«

Tatsächlich fürchtete sich Etain jetzt nicht mehr vor ihm. Sie gab ein hohes fahriges Lachen von sich und blickte ihn an. Jetzt schämte sie sich nur noch, daß jemand sie ängstlich erlebt hatte.

»Wirklich, Herr«, sagte sie, »was für eine Frau macht Ihr eigentlich aus mir? Ich bin von Euch zu Angus gerannt. Ich bin von Angus zu Eochaid gerannt, und von diesem zu Ailill. Ich kann nicht mehr rennen.« Bei diesen Worten, so als sei ihr eine Offenbarung gekommen, brach sie in wilde Tränen aus und spürte, daß sie, die selbst so vieles und so viele aufgegeben hatte, nun auch verlassen worden war, und sich gänzlich verloren in einem wüsten Universum wiederfand.

»Nicht doch«, sagte Midir, »du bist nur vor mir davongerannt. Du brauchst nun auch nur zu mir zurückzukommen. Warum bist du vor mir geflohen, Etain?«

Sie wischte sich schnell die Tränen mit ihrem seidenen Kleid ab.

»Ich träume«, sagte sie, »oder ich muß verrückt geworden sein, Herr... Bin ich tatsächlich verrückt geworden? Ich kann mich nicht an Euch erinnern.« Und ihre Lippen verzogen sich mitleidheischend. Mit ihren weichen Armen tröstete sie sich selber, so wie man ein verirrtes kleines Kind tröstet, als das sie sich jetzt fühlte.

»Wenn du mich sehen würdest wie ich bin«, sagte der Fremde nachdenklich, »würdest du dich vielleicht an mich erinnern. Ich werde dich mit dem Auge der Götter anschauen.«

Er sah sie an, bewegte zwei Finger, und Etain sah... Sie sah Macht und Majestät und Schönheit. Sie sah Wunder...

Ihr Sinn hüpfte wie eine Flamme, und sie rief laut: »Fuamnach, Fuamnach, Fuamnach!«
»Du erinnerst dich also doch«, sagte Midir.
»Ich habe Fuamnach Unrecht getan!« rief Etain.
»Sie ist tot«, berichtete Midir. »Angus hat ihr den Kopf abgehauen.«
»Oh«, sagte Etain. Ihr Bewußtsein mochte das nicht aufnehmen. Es kippte weg.
»Arme Fuamnach«, seufzte sie, »wir waren Freundinnen. Wann ist sie gestorben?«
»Nach eurer Zeitrechnung vor achtzehn Jahren.«
»Und nach Eurer?«
»Vor achtzehn Minuten.«
»Vor achtzehn Minuten«, stammelte sie.
»Ich stand eben noch vor ihrem Leichnam«, sagte Midir. »Angus wußte nicht, was er tun sollte. Seine blutige Tat hat ihn entnervt ... Aber in meinem Bewußtsein habe ich diesen Bresil Etarlaim gefangen, so wie man einen Kieselstein mit der Hand aufnimmt. Ich habe alles aus ihm geschüttet, was in ihm war, so wie man einen Krug ausschüttet. Und dann folgte ich dir wie ein Adler, der einer Taube nachjagt – und doch komme ich achtzehn Jahre zu spät ...! Zeit ist ein endloses Ärgernis«, klagte der Gott. »Wäre ich rascher gekommen, ich hätte dich als Kind gesehen und als heranwachsendes Mädchen. Ich hätte dich gern so gesehen!«
»Aber was habt Ihr mit diesem Bresil Etarlaim getan?« fragte Etain mit weit aufgerissenen Augen.
»Ich hatte nur noch Zeit ihn auszuquetschen; aber wenn ich zurückkomme, werde ich ihn mir kaufen – wo immer er sich versteckt hält. Und ich werde ihn fortblasen, so wie er dich fortgeblasen hat.«
»Hat er mich fortgeblasen?«
»Ja. Auf die Erde«, sagte Midir.
»Zu Eochaid«, sagte Etain. Ihre Augen glänzten. Sie lief zu

dem großen Mann hin und legte ihre kleine Hand auf seinen Ärmel.
»Ihr müßt Bresil nicht töten«, sagte sie zu ihm.

VIERUNDDREISSIGSTES KAPITEL

Ich muß fliegen, ich muß rennen, man wird mich vermissen. Ich ...«
»Mach dir keine Sorgen!« sagte Midir. »Du brauchst dich nicht zu beeilen.«
Aber Etain dachte dennoch an die Damen des Hofstaates, die Augen und Zungen hatten.
»Es ist wirklich Eile geboten«, sagte sie entschieden.
»Ich habe diese Leute alle in Schlaf versetzt«, erklärte Midir. »Es ist auch nicht einer von ihnen mehr munter. Im Umkreis von zehn Meilen von Tara gibt es nicht einen einzigen Hund, der noch wach ist. Wir sollten reden«, meinte er. »Wir haben alle Zeit, die wir dafür brauchen.«
»Warum«, fragte sie, »habt Ihr Ailill all das angetan?«
»Ich habe es dir angetan«, antwortete er. »Dieser junge Mann schien ein wenig krank zu sein. Er war ein wenig verliebt, aber beides hat er bereits vergessen.«
»Er wird nie vergessen«, widersprach Etain.
»Tatsächlich hat er nie gewußt, was geschehen ist«, sagte Midir.
»Wie könnt Ihr das behaupten?«
»Er war gar nicht beteiligt. Ich steckte in seinem Körper. Ich war es, der krank war, und ich war verliebt.«
»Und er«, sagte Etain, »wo war er denn?«
»Er saß derweil irgendwo in den Wolken«, sagte Midir. »Es hat keine Folgen.«
»Aber warum habt Ihr mir all das angetan?«

»Das ist ganz einfach. Ohne das konntest du mich nicht sehen. Du konntest mich auch nicht hören. Du mußtest erst gequält, vom Fieber heimgesucht und erschüttert werden, ehe du in der Lage warst, einen Gott wie mich zu erkennen.«
»Es war grausam von Euch, das zu tun«, sagte sie.
»War es das? Du bist ja schon wieder gesund. Schon kannst du sagen: es war nur ein Spiel. Oder empfindest du etwa immer noch Schmerz?«
»Tatsächlich ist der Schmerz fort«, sagte Etain verwundert. »Es war nur ein wunderbares Spiel.«
Und sie bedachte dieses merkwürdige Geschehen erleichtert. Das nicht wieder gutzumachende Böse hatte sich nicht ereignet. Aber sie war auch seltsam traurig, daß die wildeste Erfahrung ihres Lebens auf nichts beruhte.
»Es war nur ein Traum«, seufzte sie.
»Es war kein Traum«, sagte Midir, »es war ein Spiel.«
»Es hat sich nicht gelohnt.«
»Du hast nicht dafür bezahlen müssen«, sagte er, »und in deinem Bewußtsein hast du es durchlebt. Auf diese Weise hast du gewonnen und wirst nie mehr derselbe Mensch sein.«
»Das stimmt«, bestätigte sie.
»Und es war Teil eines ewigen Spiels«, sagte Midir, »denn alles ist nur ein Spiel.«
»Vielleicht ...!« sagte Etain mit einem leichten Schaudern. »Aber warum seid Ihr aus dem Feenland hierhergekommen?«
»Ich kam deinetwegen. Ich liebe dich seit mehr als tausend Jahren, und du hast mich in diesen elenden achtzehn Minuten vergessen. Wie merkwürdig«, sagte er, »ist all dieses Erinnern, Vergessen und Wiedererinnern.«
»Ich werde nicht mit Euch kommen«, sagte Etain.
»Du mußt«, entgegnete er streng. »Ich werde dich einfach

mitnehmen. In einem Augenblick wird es dich an diesem Ort, in dieser Welt nicht mehr geben, und all diese geisterhaften Leute werden sich deiner nicht mehr erinnern und werden dich nicht mehr kennen.«
»Aber ich will mich erinnern«, sagte Etain. »Wo immer Ihr mich hinbringt, ich werde mich an Eochaid erinnern, und ich werde mich daran erinnern, was Ihr ihm und mir angetan habt.« Sie stürzte sich tigerhaft auf ihn: »Bei meiner Schwerthand! Bin ich die Königin oder bin ich sie nicht?«
Midir stützte den Kopf in seine Hand.
»Du bist die Königin«, sagte er. »Du wirst deinen Willen haben. Aber manchmal werden dein und mein Wille übereinstimmen...«

»Laß mich ein Lied für dich singen«, bat er sie.
»Warum?« rief Etain verwirrt aus. »Von mir aus singt ein Lied für mich.«
»Es ist das Todeslied«, sagte Midir.
Die Königin wich von ihm zurück mit weißen Wangen, weit aufgerissenen Augen und keuchend. »Ich werde Euer Lied anhören«, stammelte sie, »aber ich werde nicht mit Euch gehen.«
»Es ist schwer, sich dem Lied des Todes zu widersetzen«, sagte er.
»Wenn ich mit Euch gehe, werde ich mich erinnern«, sagte Etain. »Aber ich werde nicht mit Euch gehen.«
Sie saß eigensinnig auf dem Lager und sah den König aus dem Feenreich scheu, neugierig und zornig an.
»Ich werde dich nicht zwingen«, sagte der große Midir, »aber ich werde dir das Lied von meinem Land singen. Wenn ein Sterblicher es hört, kommt er mit in mein Land. Er läßt alles stehen und liegen und macht sich auf den Weg ohne Aufenthalt.«
»Ich werde nicht mit Euch gehen«, sagte Etain.

FÜNFUNDDREISSIGSTES KAPITEL

Man hörte etwas; es war, als dringe aus Midir ein Geräusch, das dem Ton einer sehr kleinen hellen Glocke glich, die mit kurzen Pausen läutete. Und nach einem Augenblick wurde diese Glocke von dem schwachen Läuten anderer Glocken, ihrem Schwingen und Anschlagen begleitet.
»Hörst du«, sagte der Gott.
»Die Glocken!« sagte Etain. »So schön, so süß!«
»Sie klingen zur Beruhigung«, sagte Midir. »Alle, die sterben, werden durch diese Glocken beruhigt. In dem Augenblick, in dem ihre Leiden am größten sind, hören sie sie. Dann kennen sie keinen Schmerz mehr, und wenn die Glocken aufhören, vernehmen sie das Lied.«
»Das Lied des Todes«, murmelte sie.
»... und dann kommen sie mit, dorthin, wo es keinen Schmerz noch Mühen gibt, wo alles groß, gut und heiter ist, in das Wunderland.«
»Die Glocken haben aufgehört zu läuten«, sagte Etain.
»In das Land der Musik, in das Land der Magie, in das Wunderland. Dort blühen die Himmelsschlüssel. Schneeweiße Arme haben die Mädchen dort und Blüten im Haar. Stark sind die Männer, klug und schön in diesem Wunderland. Zögerst du immer noch? Das Graue und Düstere vergeht. Die Welt ist vergangen. Fort, fort ins Wunderland!«

Aber die Königin hörte nicht hin.
Sie hatte die Augen geschlossen, um Midir nicht ansehen zu müssen. Sie hatte sich die Finger in die Ohren gestopft, damit sie ihn nicht hörte. Und dennoch. Durch ihre verriegelten Sinne flog sie der Friede an. Es war nicht Müdigkeit noch Verzicht, was sie überkam. Sie wünschte sich, daß alle

Anstrengung, alle Schwierigkeit aufhören solle. All dies verlor sich. Alles, was sie gewußt hatte, verging. Ihr Bewußtsein flatterte, wie ein wilder Vogel in einem Käfig.
Was machte denn den Wert aus zu sein? Gab es etwas, weshalb es sich lohnte zu bleiben? Wußte sie etwas, was es wert war zu wissen? Gab es auf dieser Welt etwas anderes als Narrheit in Sein und Wissen? Etwas anderes als am Morgen aufzustehen und sich am Abend schlafen zu legen und in der Zwischenzeit die Nutzlosigkeit von Gedanke, Tat und Gefühl zu erfahren? Fast war sie schon mit Midir unterwegs, als es in ihrem Herz klar und süß und unschuldig sang: »Mein Herzblatt, meine Liebe, mein Vogel, mein Lamm. Und wenn alles nur Schein, alles nur Schande wäre, er ist mein Vogel, meine Liebe, mein Lamm. Mein Land des Wunders und der Freude. Meine Sonne bei Tag und mein Mond bei Nacht. Meine Dunkelheit und mein Liebliches Licht. Mein Traum und mein Erwachen. Mein Schatz, und das Lied, das ich singe. Mein Leben, mein Alles.«
Sie nahm ihre Finger aus den Ohren. Sie schlug die Augen auf und trat dem Gott mit einem strahlenden Gesichtsausdruck gegenüber. Aber er hatte bereits zu singen aufgehört, und, den Kopf in die Hände gestützt, saß er schweigend da. Nun hob er den Kopf. »Ich habe dich nicht gezwungen«, sagte Midir.
»Ihr konntet mich nicht zwingen.«
»Aber«, er lächelte ernst zu der lieblichen Königin hin, »es wäre so leicht gewesen für mich. Es wäre leichter gewesen, es zu tun als es zu lassen. Du wirst schon noch mit mir kommen.«
»Das werde ich nicht.«
»Der Großkönig wird dich mir geben.«
»Das ist undenkbar.«
»Und wenn er dich mir gibt?«

»Das könnte er nicht.«
»Und wenn er es tut?«
Aber sie wurde sanft bei seinem Beharren: »Wenn es Euch beruhigt, einen närrischen Traum zu träumen.«
»Wenn er dich mir gibt, kämest du dann mit mir?«
»Dann bliebe mir schwerlich etwas anderes übrig«, sagte Etain.
Midir stand von seinem Stuhl auf. Er ging zur Tür. Er verschwand in der Dunkelheit, seine Schritte verklangen. Einen Augenblick später ging Etain ihm nach. Sie kehrte in den Palast zurück und in ein Bett, das strahlend war von Visionen und schrecklich erfüllt von Träumen.

SECHSUNDDREISSIGSTES KAPITEL

Und dieser Herr aus dem Feenreich«, sagte Eochaid.
»Er war wundervoll!« rief sie. »Er sah einfach großartig aus.«
»Bei meiner Schwerthand! Ich hätte diesen Mann gerne gesehen.«
»Er zeigte sich mir in seiner göttlichen Gestalt.«
»Ah!«
»Er hätte Wolken vom Himmel holen können. Sein Haar war eine sirrende goldene Flamme. Seine Augen waren heller als Sonnenlicht. Er war machtvoller als ein Wintersturm und sanfter als eine Blume. Man konnte ihn nicht länger als einen Augenblick ansehen. Er war strahlende, blendende Lieblichkeit.«
»Aus welchem Feenland stammte er?«
»Das hab ich vergessen. Tatsächlich habe ich sogar seinen Namen vergessen.«

»Versuche dich zu erinnern«, drängte er sie. »Wir müssen uns gegen diesen Gott schützen, wenn er wiederkommt. Und würden wir seinen Namen kennen, so wüßten wir, was wir zu erwarten haben.«
»Ich kann mich nicht erinnern.«
»Wenn ich doch nur seinen Namen wüßte«, sagte Eochaid nachdenklich. »An meinem Hof weiß man alles, was man über die Götter wissen muß. Wir leben mit ihnen in Frieden, aber wüßte ich seinen Namen, dann ließe sich vermuten, was er tut. Ja, ob er überhaupt etwas unternehmen wird. Denn«, erklärte er, »einige Völker der Dana sind voller Launen und phantastischer Einfälle. Aber ein bloßes Gelächter oder ein Geräusch vermag sie abzuschrecken. Andere wiederum benehmen sich ungemein zielstrebig. Ich muß ins Feenland gehen«, sagte er nachdenklich.
»Du mußt nicht träumen«, sagte Etain erschreckt. »Du mußt nichts riskiern . . .!«
»Ich bin gekrönter Monarch und Zauberer«, sagte Eochaid lächelnd. »Der Großkönig von Irland ist Meister zweier Künste. »Weißt du, es ist ganz einfach . . .«
»Nicht doch. Es wäre tödlich.«
»Es wird ganz einfach sein. Ich gehe einfach zu einem der niederen Götter und bitte ihn um Rat und um Hilfe. Ich könnte mir bei Bove aus dem Feenreich Feman oder bei Midir aus Bri Leith oder bei Ethal Anbual im westlichen Feenreich Rat holen. Ich könnte auch zu Angus in seinen Hügel gehen. Aber Midir und Bove werden dem Großkönig gewiß sehr gern helfen.«
»Bitte, tu nichts dergleichen«, bat Etain. »Es war nur die Laune eines Gottes. Er hat versucht, dich, deinen Bruder und mich zu betrügen. Vielleicht hatte er gewettet, daß er es schaffen werde, und jetzt, da er wieder zu Hause ist, findet er dort zehn Mädchen vor, um mit ihnen zu spielen. Gewiß wird ihm eine davon gefallen.«

»Manchmal benehmen sie sich wirklich wie kleine Kinder«, sagte Eochaid. »Sie sind reizend«.
»Aber was er uns angetan hat, war doch gemein?«
»Das war es. Bei meiner Schwerthand! Es war ein vulgäres Täuschungsmanöver. Ich kann mir keinen Feenfürsten vorstellen, der zu so etwas seine Zuflucht nimmt. Das sieht so aus, als ob sich irgendein völlig Unerfahrener in ein wildes Abenteuer stürzt, und wahrscheinlich zittert er jetzt allein bei der Erinnerung an sein Wagnis.«

»In dem Fall, daß es geschehen wäre ...« sagte Etain schüchtern, »es ist aber nicht geschehen, verstehst du ... Doch wenn es geschehen wäre, hätte ich dann nicht schreckliches Unrecht begangen? Wärest du nicht furchtbar wütend geworden, wenn ich mit Ailill getan hätte, was ich mit ihm vor hatte?«
»Es konnte einfach nicht geschehen«, sagte Eochaid. Er legte seinen kräftigen Arm um seine Frau. Sie errötete, drängte dann ihr Gesicht gegen seine Schulter, und ein Zittern lief von ihrem Herzen zu seinem.
»Wenn ich es getan hätte«, seufzte sie, »hätte ich es doch nur deinetwegen getan.«
»Es konnte nicht geschehen«, sagte der König mit einer Stimme aus Stein.
»O doch«, stammelte sie.
»Wenn es geschehen wäre«, sagte Eochaid, »hättest du es so getan wie eine Königin etwas derartiges tun sollte.«
Ein langes Schweigen entstand.
»Mein Lamm«, sagte Etain schüchtern.
»Meine Taube«, sagte Eochaid.
»Ich liebe dich«, erwiderte sie.
»Wie sehr liebst du mich?« fragte Eochaid.
»Nur zu sehr«, erwiderte sie.
»In welcher Weise?« sagte Eochaid, und er war jetzt ganz

Aufmerksamkeit und Seelenqual. Die Königin holte tief Luft und atmete aus. »So sehr«, sagte sie und warf sich mächtig in ihren lieblichen Busen.

»Du mußt nicht weinen«, sagte Eochaid, »weil ich nämlich sonst auch weinen müßte.«

SIEBENUNDDREISSIGSTES KAPITEL

Das Leben nahm wieder seinen gewohnten Gang, und es dauerte nicht lange, da kam es dem König so vor, als sei in der Vergangenheit nichts von Bedeutung geschehen und als würden sich die Tage und Nächte, die da kamen, nicht wesentlich von jenen unterscheiden, an denen er sich jetzt erfreute.

Aber es war etwas geschehen. Normalerweise bedeutet furchtlos zu werden schon fast den Gewinn von Wissen; und eine schmerzhafte Erinnerung loszuwerden, ist ein Entwicklungsprozeß. Aber sich an etwas nicht zu erinnern, ohne daß man reifer, verständiger geworden ist, bedeutet Unglück. Diese beiden hatten den Stachel vergessen, der in ihrem Gedächtnis hätte vorhanden sein sollen. Sie hatten die Furcht verloren, an die einen jener Stachel sonst denken läßt.

Furcht schützt vor Torheit. Sie macht uns achtsam; denn wenn wir fürchten, gehen wir vorsichtig vor. Wir schauen voraus und hinter uns, wenn wir etwas wagen. Wir stellen uns in Frage und denken nach, und so werden wir weise und furchtlos. Aber wenn auch Etain und Eochaid vergessen hatten, Midir hatte es nicht. Wenn sie sorglos geworden waren, so deshalb, weil seine Gedanken an sie dies bewirkt hatten.

Midirs Ländereien bei den Feen waren nicht in Gefahr. Fuamnach war tot ... was bedeutet, sie war aus seiner Einflußsphäre verschwunden. Und abgesehen von seinen Verpflichtungen gegenüber Angus und dem Dagda, konnte er es sich leisten, lange aus seinem Königreich fernzubleiben oder das zu tun, was er sich vorgenommen hatte.
Und er nahm sich etwas vor.
Daß Angus Óg aus dem Palast unter dem Hügel ihm seine Frau fortgenommen hatte, war das eine – es war eine Angelegenheit, bei der Rechte, Sitten und Vorrechte ins Spiel kamen, in die er sich bei seiner Stellung nun einmal fügen mußte. Er hatte einen Verlust erlitten, aber kein Übel hatte ihn heimgesucht, und ganz gewiß war ihm nichts Unwürdiges widerfahren. Ein ganz ander Ding aber war es, wenn ihm ein Sterblicher etwas derartiges antat. Daß dieser Sterbliche der Großkönig von Irland war, ließ ihn über diese Sache anders denken. Der Großkönig von Irland, einmal durch Geburt, zum andern aber durch sein hohes Amt, war gewissermaßen zweimal ein Gott. Und Midir hätte sich sagen können, er sei durch die Vorkommnisse deswegen nicht beleidigt worden. Er konnte deswegen über Eochaid ohne Zorn nachdenken und vermochte sich das Verhältnis zwischen dem Großkönig und Etain vorzustellen, ohne daß er eifersüchtig wurde. In der Tat hat Eifersucht nichts zu tun mit sexuellem Verlangen. Sie ist rein egoistisch. Solche Kümmernisse blieben ihm erspart. Aber er war nicht bereit, den Stand der Dinge ohne weiteres hinzunehmen.
Der Hochkönig eines bestimmten Landes besitzt Privilegien. Aber solche Rechte gelten nicht für ein anderes Land. Eochaid war ein hoher Fürst auf Erden. Midir war ein Fürst unter den Feen. Die Unterscheidung, was die Vorrechte anging, lag auf der Hand.
Und weiter: obwohl sich Etain nun auf der Erde befand

und nicht in der Lage war, die Erde zu verlassen, war sie ja nicht irdisch. Sie gehörte nicht dorthin, sie gehörte ins Feenreich. Sie war bei den Feen nicht gestorben, sie war gewaltsam und auf verbrecherische Weise aus ihrer Welt vertrieben worden. Sie war für keinen Augenblick tot gewesen. Sie war nicht nur eine Untertanin des Dagda, sondern auch Midirs Frau, und der Anspruch auf sie konnte ihm weder von himmlischem noch von irdischem Recht, weder durch ein interplanetarisches Ereignis oder einen kosmischen Unfall abgesprochen werden. Der Fall lag so sonnenklar, daß, hätte Eochaid auf dem Richterstuhl zu Tara über ihn entscheiden müssen, ihm nichts anderes übriggeblieben wäre als Midir seine Frau auszuliefern.

Und Midir liebte dieses »langbeinige schöne Geschöpf«. Er hätte nichts dagegen gehabt, daß die Edlen beider Welten um ihre Geschichte wußten – ein solches Wissen hatte nichts Skandalöses an sich. Aber daß ihre Geschichte an den Lagerfeuern und in den Gaststuben auf Erden erzählt werden würde, mißfiel ihm und konnte in bezug auf Etains Ehre nicht hingenommen werden.

Er sann darüber nach, wie er seine Frau zurückgewinnen könne. Und weil jene, die nachdenken, glücklich sind solange sie nur nachdenken, war er zumindest nicht unglücklich.

ACHTUNDDREISSIGSTES KAPITEL

Die Spiele fanden in Tara statt.
Es war das Fest des dankbaren Gedenkens an Lugh und an die große Königin Taillte.
Am Fort der Synode berieten die Gesetzgeber über die Veränderungen der politischen Lage. Sie diskutierten Ereignisse aus jüngster Vergangenheit, die eine Abänderung in der Rechtsprechung, verursacht durch neue Präzedenzfälle, zur Folge haben konnten. Ihre Barden, die zum Zweck des leichteren Memorierens die Gesetze in Reimform brachten, waren anwesend und berieten über Versmaß und metrische Behandlung, die jede Gesetzesänderung nötig machte.
Die Barden, die sich im Konvent »Zur Quelle des Elfenhügels« zusammengeschlossen hatten, berieten darüber, ob all das durch die Große Acht-Zeilen-Strophe ausgedrückt werden müsse, oder ob dazu die Kleine Acht-Zeilen-Strophe ausreiche, und ob die Große Achtzeilige Widerholstrophe sich als zwingend anbiete oder als überzogen angesehen werden müsse.
Einige behaupteten, daß Kürze, andere, daß Variation die höchste Zierde der Dichtkunst sei.
»Wo nur Raum für Verkürzung ist«, sagte ein junger Barde, »ist kein Raum für Dichtung.« Ein wilder Alter widersprach ihm: »Wo Raum ist für Variation, ist Platz für Narrheit.«
»Stellt eine Ziege auf ein zu kleines Feld«, rief ein pastoraler Barde, »und sie wird verhungern!«
»Ah«, rief ein anderer, der sich mit Tieren auskannte, »eine Ziege auf einer großen Weide bedeutet ausgedehnte Verwüstungen!«
Liebesgedichte, Kriegsgedichte, Heimatgedichte, Historien, dies versprach eine geschäftige und zankerfüllte Zusammenkunft zu werden.

Einige Ergänzungen zum Regelkanon des Schachspiels waren zu verabschieden, denn der Großkönig war zufällig auch Schachmeister von Irland und hatte Vorschläge gemacht, die Schachspieler teils mit Entsetzen, teils mit Enthusiasmus diskutierten.
Die Teilnahme von Frauen und Dichtern am Krieg war eine heißumstrittene Frage. Einige vertraten den Standpunkt, daß es Frauen nicht gestattet sein sollte, zu kämpfen, und daß man Dichter nicht töten solle. Andere entgegneten, daß Frauen wie Dichter mit allen andern im Land das Risiko zu teilen hätten, welches sich nun einmal ergibt, wenn man die Landesverteidigung verstärkt.

»Aber diese Frage«, sagte Maeve, »blieb unentschieden, bis mein Vater Eochaid Airem auf dem Thron folgte. Er war es, der sie entschied. Da er Frauen und Dichter liebte, entschied er sie zu Gunsten von deren Sicherheit.«
Die Kleinkönige besaßen jeder einen eigenen Palast, wo sie mit ihren Königinnen, Nachfolgern, Druiden und Räten wohnten, und diese übertrafen einander im Aufwand an Gefolge, in der Ausgelassenheit der Stimmung und in der Freigiebigkeit gegenüber dem Pöbel.
Am Wachtturm der Drei Flüsternden Stimmen debattierten die ranghöchsten Ärzte ihre Kunst. Sie legten dar, wie ein Mensch trotz dieser und jener Behandlung gestorben war, und wie durch die Anwendung eines Krautes, das bisher nicht bekannt gewesen war, Einfluß genommen wurde auf die Heilung.
Die Meisterbrauer am Hügel der Geiseln redeten über den Unterschied, den zehn oder zwei Minuten Hitze beim Brauen ausmachen, und daß die Herkunft des Wassers über eine ausgezeichnete oder abscheuliche Qualität des Getränks entscheidet.
In der Nähe der Steine von den drei Zauberern hatten sich

die Erzähler trivialer Geschichten, ein jeder umgeben von einer ehrerbietig lauschenden Zuhörerschaft, niedergelassen und erzählten Geschichten von Überfällen und Raubzügen, von Brautfahrten, Tod und Dämonen, von Tabus, Wut, Komik und Lust.
Dann gab es Leute, die an der Quelle der Schwarzen Augen für einen halben Pfennig zehn neue Sprichwörter lehrten und deren Rivalen, die für einen Pfennig drei machtvolle Zaubersprüche anboten.
Drei Verszeilen gegen Rheumatismus, sechs Strophen, um eine Hexe zu töten, einen zehnzeiligen Vers gegen Zahnweh für einen Taler.
Am Abhang der Streitwagen saßen die Männer der Volksmedizin, die zu ungeahnt niedrigen Preisen einem den Teufel aus der Seele vertrieben oder es verstanden, Hühneraugen verschwinden zu lassen.
Pfeifer, Fiedler und Spaßmacher waren da, und fröhliche Unmenschen, die mit den Knochen zu rasseln verstanden, so daß jeder, der sie hörte, verrückt wurde und tanzen mußte, bis sie damit aufhörten.
Wenn man noch etwas weiterging, hinaus ins Moor von Tara, so traf man dort einen Aufschneider mit gewaltigem Schnurrbart, und hinter seinen Schnurrbarthaaren hervor brüllte er eine Ballade, deren Obszönität einen entweder erröten ließ oder einen so zum Lachen reizte, daß man nicht mehr an Gut oder Geldbörse dachte, um die man sich dann durch seine Familienangehörigen gebracht sah.
Einer in einer Lederkappe trat zu einem Kampf über drei Runden mit einem Wolfshund an, vorausgesetzt, die nötige Belohnung war hinterlegt. »Ich gebrauche nur meine Zähne, edler Herr, nur meine Zähne!« rief er unentwegt.
Einer, mit einem Glöckchen am Ohr verschlang einen drei Fuß langen Speer und hatte offenbar auch noch Spaß

dabei. Hinter ihm sah man einen Burschen, der Feuer schluckte und dahinter wiederum einen Mann, der zerbrochenes Steinzeug kaute und herunterschluckte in einen Magen, den ihm Gott geschenkt hatte, weil er sonst eben nicht viel besaß.

Meister der Schnitzkunst, des Hausbaues, Schmiede, Pferde- und Rinderzüchter waren gekommen. Dazu Leute, die mit allem, was eßbar ist, handeln.

Und überall eilten Sklaven umher. In einer Haltung von Unterwürfigkeit verichteten sie Geschäfte für ihre Besitzer und murmelten dabei: »Wenn Sie gestatten, mein Herr, wenn Sie gestatten.«

Tatsächlich war eine bunte Mischung aus ganz Irland zugegen, um Könige und Königinnen zu beweinen, Rachezüge und böse Taten zu beklagen, um sich heiter stimmen zu lassen, wenn der Erinnerung Genüge getan war. Und alle wurden sie durchgefüttert und unterhalten von dem Großkönig; ein jeder entsprechend seinem Rang, seiner Kunstfertigkeit und seiner Würde.

Auf den Feldern um Tara wurden die Spiele zur Erinnerung an jene, die in den letzten drei Jahren gestorben waren, abgehalten.

Das Festmahl von Lughnasa und die Nationalen Spiele fanden damals wie heute alle drei Jahre statt, und zwar hatten sich für sie die Sieger aus den jährlich stattfindenden lokalen Spielen qualifiziert.

Die Spiele der ersten Woche fanden zu Ehren der Götter und der Toten statt, die der zweiten Woche zu Ehren des Großkönigs. In der dritten und vierten Woche gab es an einzelnen Tagen Veranstaltungen zu Ehren der Frauen, der Fürsten, der Vorsteher und des Vormundamtes, der Handwerker und zu Ehren des gemeinen Volkes.

Eochaid war bei jeder dieser Veranstaltungen erschienen, war beklatscht und geehrt worden. Aber nach einiger Zeit,

nachdem er zusammen mit Etain immer wieder Sieger der Spiele ausgezeichnet hatte, und all der Feierlichkeiten etwas überdrüssig geworden war, begab er sich auf das flache Dach seines Palastes, das in seiner ganzen Länge mit Vogelfedern ausgelegt war.
Saatkrähen, Fischreiher, Adler, Seemöven und Schwäne – es gab keinen Vogel, der nicht ein Dutzend Federn gegeben hätte. Ein wunderbares mosaikartiges und schmückendes Schattendach, herrlich in Gestalt und Farbe. Von dort aus konnte er in jede Richtung dreißig Meilen in die Runde sehen.
Eochaid konnte von dort oben auch genau beobachten, wer alles mit Pferd und Wagen auf dem Festplatz erschien. Er hörte, gedämpft durch die Höhe, das Rattern, Rumpeln und Dröhnen der Trommeln, den Trompetenruf, Fiedeln, die zum Tanz aufspielten, hohlhälsige Hörner aus den Wäldern, die Dudelsäcke, die zu Stolz und Gefahr riefen, Kesselpauken, die unermüdlich von Liebe erzählten.
Da stand er nun am Tag des Pöbels, am letzten Tag der Spiele, und sah, wie von weit her durch die Ebene ein Kampfwagen mit hoher Geschwindigkeit auf Tara zufuhr. Die Geschwindigkeit und das ausgezeichnete Fahrvermögen ließen ihn aufmerksam werden, nachdem er zunächst eher beiläufig hingeschaut hatte.
Aber kein Mann noch König kann ohne Betroffenheit ein sich mit Wind füllendes Segel wahrnehmen, noch eine Frau das Heranpreschen eines Pferdes. Er rief seinem Herold zu: »Wen erwarten wir denn noch?«
Der Herold ratterte die Liste all jener herunter, die sich angemeldet hatten.
»Dieser Wagen da gehört zu keinem von ihnen«, sagte der König. »Wenn es seinem Besitzer nach Unterhaltung verlangt, so bringt ihn her. Ich würde gern mehr über seine Pferde und deren Training erfahren.«

NEUNUNDDREISSIGSTES KAPITEL

Der Herold kam schleunigst zurück. »Majestät«, stammelte er, »dieser Mann trägt eine Waffe.«

»Was? Weiß er nicht, daß während des Monats Lughnasa kein königlicher Untertan eine Waffe tragen darf?«

»Er trägt auch einen Schild, Majestät.«

»So, hat er Kennzeichen?«

»Er hat keine, Herr. Es ist ein silberner Schild mit goldenen Erhebungen darauf.«

»An einen solchen Schild kann ich mich nicht erinnern«, sagte Eochaid, »weil ich nämlich mindestens schon ein Dutzend dieser Art zu Gesicht bekommen habe. Wie ist sein Name?«

»Er will ihn nicht sagen, Herr. Er sagt nur, daß er eine Herausforderung überbringt.«

»Bei meiner Schwerthand! Für Herausforderungen bin ich zu haben. Schickt den Fremden zu mir.«

Der Fremde kam.

Es war ein großer Mann mit goldenem Haar und leuchtend blauen Augen. Er war in einen purpurnen Umhang gehüllt, der goldene Fransen hatte, und sie tanzten und wippten bei jedem seiner kräftigen Schritte. Der König musterte ihn und schleuderte ihm dann plötzlich und emphatisch entgegen: »Kommt Ihr geradewegs aus der Barbarei? Wißt Ihr nicht, daß während des großen Festes keine Waffen getragen werden?«

»Majestät«, sagte der Fremde, »daß ich meine Waffen bei mir habe, ist nichts als eine schlechte Angewohnheit. Ich bin so an sie gewöhnt, daß meine Hände mechanisch nach ihnen griffen. Ich war recht begierig, Euch die Herausforderung zu überbringen.«

»Wißt Ihr nicht, daß während des Festes Lughnasa und

während der Spiele keine Herausforderung ausgesprochen oder angenommen werden darf?«
»Es ist eine friedliche Herausforderung, Majestät.«
»Ich habe noch nie von einer friedlichen Herausforderung gehört«, sagte Eochaid. »Die Worte vertragen sich nicht miteinander.«
»Es ist lediglich eine Herausforderung an den Schachmeister von Irland . . .«
»Oh«, sagte Eochaid, richtete sich auf, und alles blickte auf den Fremden.
»Könnt Ihr mich schlagen?« fragte er.
»Das kann ich, Majestät.«
»Das glaube ich nicht.«
»Es fällt nicht schwer, es zu beweisen«, meinte der Fremde.
»Es wird wahrlich nicht schwer sein«, sagte der König. Und dann betrachtet er seinen kräftigen Gegner abschätzend und nachdenklich. »Der Herausforderer nennt das Spiel«, sagte er. »Aber der Meister bestimmt den Einsatz.«
»Damit bin ich einverstanden«, sagte der andere.
Eochaid winkte dem Herold. »Mein Schachbrett!«
»Die Königin hat es«, sagte der Herold.
»Würde meines genügen?« fragte der Fremde. Er brachte ein Schachbrett unter seinem Umhang hervor.
»Es ist aus altem Silber«, sagte Eochaid. »Ich mag diese Steine da an den Ecken.« Er betrachtete die goldenen Figuren, die aus einem Beutel aus blitzenden, goldenen Fäden hervorgeholt wurden. »Sie sind so gut wie meine eigenen. Darf ich Euch nach dem Namen des Handwerkers fragen, der sie gemacht habt? Ihr müßt mir auch sagen, wer Euren Wagen gebaut und Eure Pferde geschult hat.«
»Alles gute Männer, Majestät«, sagte der Fremde. Er verbeugte sich gegen den König, fragend, und der König lud ihn ein, sich zu setzen. »Majestät«, sagte der Fremde, »wir müssen noch den Einsatz festlegen.«

»Wenn das Spiel zu Ende ist«, antwortete Eochaid, »soll der Gewinner sagen, was er als Einsatz fordert.«
»Das macht das Spiel spannender«, stimmte der Fremde zu. »Soll eine Revanche erlaubt sein?«
»Gewiß«, sagte der König, »also wird jemand hier gewiß zwei Spiele gewinnen.«

VIERZIGSTES KAPITEL

Sie begannen zu spielen, und während der ersten Züge war Eochaid voll damit beschäftigt, sein Gegenüber zu mustern und sein Spiel zu beobachten.
Es gab Dinge, die er dem glücklichen Zufall überlassen konnte, denn er hielt sehr viel von der mutwilligen Göttin Glück. Doch ein Zug beim Schach war etwas, was er ihr nicht überlassen mochte, denn, wenn er auch meinte, sie sei ihm gewogen, so glaubte er doch nicht, daß sie so gut Schach spielen könne wie er.
Der Fremde machte seine Züge scheinbar lässig, aber Eochaid fing Blicke aus feindselig dreinblickenden Augen auf.
Er lehnte sich in seinem Stuhl zurück und schaute ernst auf das Brett. »So«, sagte er, und sein erhobener Finger bestätigte gewissermaßen den Zug, den er sich ausgedacht hatte. »Und so«, sagte er, und sein Finger betonte die Folgen dieses Zuges. »Und so«, murmelte er ermutigend. »Und dann!« donnerte er und sein Finger knickte weg, beendete so seine Überlegungen.
Doch seinen Zug machte er noch nicht. Er betrachtete den Gegner und übertrug seine eigene verborgene Absicht auf seine andere Hand und einen ganz anderen Finger.

»Worauf?« fragte er, und sein Finger blieb unbewegt. »Und darauf so!« fuhr er fort, und bewegte den Finger feierlich und drohend.
»Und danach!« murmelte der Fremde zufrieden vor sich hin und rührte keinen Finger.
»Das Danach ist sehr weit weg«, sagte Eochaid. »Fällt es Euch leicht, zum ›Danach‹ zu kommen?«
»Nicht leicht vielleicht, aber ich glaube zu wissen, wo das Danach sich zur Ruhe begeben wird.«
»Ich glaube, ich weiß es auch«, sagte Eochaid, und seine Augen kehrten wieder zu dem Brett zurück und von dort zu seiner Hand.
Er redete nun mit seinem erhoben verharrenden Daumen und Zeigefinger. »Ihr habt diesen Zug hundertmal getan«, sagte er, »und ich habe immer zu mir gesagt: denk gut nach, ehe du die Figur berührst! Es scheint klar«, sagte er zu seinem Daumen, »aber Nebel kriecht in einer Minute über das Gebirge. – Es scheint haltbar«, schalt er seinen Zeigefinger, »aber so wirkt auch die Oberfläche des Sumpfes. – Ich werde diesen Zug machen.« Seine gehorsamen beiden Finger hoben die Figur, obwohl sie das Gewicht eines Ochsen zu haben schien. »So!« sagte er, und die Figur wurde peinlich genau abgestellt und vorsichtig losgelassen.
»Und ich«, sagte der Fremde, runzelte die Stirn und krümmte den Daumen, »werde Euch ... auf diese Art folgen.«
»Darauf!« sagte Eochaid und verschob den Turm.
»Und darauf!« entgegnete der Fremde brüsk.
»Und danach!« sagte Eochaid mit einer Stimme wie jemand, der am Grab seiner Mutter trauert, und er winkte mit trauriger Hand einen von denen heran, die zuschauten: Edelmann, Herold oder Ziehsohn. »Bring zwei starke erfrischende Getränke für die Spieler«, sagte er düster.
»Ihr habt nicht gezogen«, fragte er den Fremden, »nicht

wahr?« Er lächelte freundlich: »Ihr zögert, zu ziehen. Ihr zögert, Euren König zu opfern. Und doch, wenn ich sterben muß, dann ist es hier, wo ich sterben muß.«
»Ich werde in einer Minute meinen Zug machen«, erwiderte der andere mürrisch.
Der König starrte voller Zweifel und Verblüffung auf das Brett. »Ich liebe vorsichtige Spieler«, sagte er, und sein sich krümmendes zusammenpressendes Innere trieb Laute aus seiner Nase, die zu Qualen des Todes wie auch des Gelächters paßten. Er ergriff den Weinkelch und vergrub sich darin, als könne er so seinem Untergang entgehen. Er schaute auf den Edelstein, der auf dem Boden des Trinkgefäßes saß. »Willst du mich verspotten?« fragte er mit tiefer Stimme. »Blinzele nicht einem Ruinierten zu. – Gebt diesen Trunk dem Herrn!« befahl er den Dienern, die das Gefäß wieder gefüllt hatten.
Aber der Fremde schlug das Angebot aus und befeuchtete die Lippen mit seiner eigenen fiebernden Zunge.
Eochaid beugte sich über das Brett und betrachtete genau den Stand der Figuren. »Ich frage mich«, meinte er, »mit welchem geschickten Zug Ihr mich nun wieder überraschen werdet.«
Der Fremde sah ihn versteinert an.
»Bei meiner Schwerthand!« sagte Eochaid im Ton des Erstaunens. Er blickte auf den Fremden und auf das Brett. »Bei meiner Schwerthand!« rief er. »Das möchte ich sehen, wie Ihr noch ziehen wollt!«
Dann brach er in mächtiges Gelächter aus, in dem das Lachen und der Applaus der Zuschauer untergingen.

EINUNDVIERZIGSTES KAPITEL

»Die Einsätze!« sagte der Fremde kalt und kurz.

»Ihr könntet mir«, sagte Eochaid nachdenklich, »Ihr könntet mir fünfzig Pferde wie die, die Ihr dort unten habt, geben. Die zwei, mit denen Ihr kamt, rechnen wir mit.«

»Ich habe keine fünfzig«, sagte der Fremde.

»Das ist schade«, erwiderte Eochaid. »Vielleicht könnt Ihr Euch die Tiere, die Ihr noch braucht, anderswo besorgen.«

»Solche Pferde gibt es nicht auf der Welt, Herr.«

»Ach!« sagte Eochaid. »Dann muß ich mit denen zufrieden sein, die Ihr habt.«

Der Fremde gab sich gefaßt, aber seine Hände verrieten etwas, wie erregt er war. »Ihr werdet die Pferde bekommen«, sagte er. »Innerhalb von einer Woche.«

»Könnte ich sie nicht vielleicht morgen schon haben?«

»Das läßt sich machen«, sagte der Fremde.

»Ich leihe Euch ...«, sagte Eochaid. »Ich gebe Euch zwei Pferde von mir, damit Ihr wieder nach Hause kommt.«

Der Fremde sprang auf. Er konnte jetzt nicht länger seine Empfindungen zurückhalten, und im Aufspringen ließ er sich soweit gehen, daß er mit der Faust auf den Tisch hieb.

»Ich verlange Revanche!« rief er. Der König sah ihm offen in die Augen.

»Ist es weise, ein solches Spiel zu verlangen?« fragte er freundlich.

»Ich weiß, daß ich gewinnen kann.«

»Ihr wißt gar nichts dergleichen.«

»Ich weiß genau, warum ich bei dem ersten Spiel verloren habe«, sagte der andere sehr erregt. »Ich hatte einen Augenblick unerklärlicher Unaufmerksamkeit. Eure Finger! Und wie Ihr mit Euren Fingern gesprochen habt – das hat mich abgelenkt. Es ist ein Trick.«

»Aber ich könnte nicht spielen«, erklärte der König, »wenn ich nicht mit meinen Fingern spräche. Ihr wißt es, und jeder Spieler weiß es: wenn sich das Spiel zuspitzt, verfällt der Geist in eine Art Trance, und es sind nur noch die Finger, die spielen.«

»Ich weiß, ich kann Euch schlagen«, sagte der Fremde, »und ich weiß, Ihr habt mir Revance versprochen.« Und bei diesen Worten stampfte der Fremde so kräftig auf die empfindlichen und schönen Federn, daß man meinte, er wolle sie zertrampeln. Der König bemerkte die Gewalttätigkeit dieser Geste, reagierte aber mit der strengen Selbstbeherrschung eines erfahrenen Gastgebers: »Ihr werdet Eure Revanche bekommen«, sagte er.

Der Mann setzte sich sofort hin. »Und der Einsatz?« fragte er.

»Der Gewinner wird ihn benennen.«

»Und der Verlierer wird zahlen?« fragte der Fremde wild.

Eochaid sah ihn mit einer Wut und Verachtung an, die eisig und blitzend waren: »Zweifelt Ihr daran, daß der König zahlen wird?«

»Ich zweifle an allem. Ihr habt mir meine Pferde genommen.«

»Es ging gerecht zu«, sagte Eochaid.

»Ihr sagtet, der Gewinner könnte den Einatz benennen. Wird der Einsatz auch gezahlt werden, wenn ich gewinne?«

»Machen wir ein Spiel«, sagte Eochaid. »Wenn Ihr gewinnt, werde ich zahlen, was immer Ihr verlangt. Mit Ausnahme meines Königreiches ...«

»Es gibt also Ausnahmen«, sagte der Fremde verächtlich.

»Nur diese eine«, sagte Eochaid.

ZWEIUNDVIERZIGSTES KAPITEL

Die Figuren wurden aufgestellt und die Spieler sahen einander an, ehe der erste Zug gemacht wurde. Aber dies waren andere Blicke als die, welche sie zuvor gewechselt hatten. Es waren Blicke offen eingestandenen Hasses. Kalt von seiten Eochaids, drohend und fiebrig, was den Fremden anging. Eochaids Augen ruhten auf dem großen männlichen Gesicht und glitten dann zu den mächtigen Schultern und dem gewaltigen Brustkorb darunter.

Hier war ein Mann, so gewaltig wie Eochaid selbst – aber nicht so rasch wie ich, murmelte er in Gedanken.

Einen freudigen Moment lang sah er diesen mächtigen Leib ihm gegenüber, und zwischen sich und diesem Mann und Blitzen von zwei erprobten Schwertern.

Des Königs Vorkämpfer, der neben ihm stand und in solchen Situationen die Gedanken des Königs zu lesen vermochte, beugte sich zu Eochaid herab und sagte: »Herr, dies wäre mein Vorrecht.«

Doch der Fremde hatte das kurze Schweigen und den kurzen Satz wohl wahrgenommen. Er lehnte sich im Stuhl zurück. Mit den Händen umspannte er seine Hüften und zornig blickte er auf den Vorkämpfer und sagte schnarrend zu ihm: »Ihr liebt doch wohl Euer Leben!«

»Bei meiner Seele, das tue ich«, erwiderte der Vorkämpfer, »und ich bin gewohnt, es gut in acht zu nehmen.«

Der Fremde lächelte grimmig und musterte den König. Verächtlich wies er mit seinem Daumen auf den Vorkämpfer. »Majestät«, sagte er, »wenn ich meine Hunde mit diesem Mann gefüttert haben werde ...«

Aber Eochaid lachte laut und lange. »Nein, nein!« rief er. »So geht das nicht, mein Freund!«

»Was geht nicht so?«

»Ihr könnt mich nicht wütend machen und mir mein Spiel verderben. Fast ist Euch das gelungen. Aber diese unziemliche Verhaltensweise paßt nicht zu Euch.«
Der Fremde schaute offen und mit unübersehbarer Würde auf den König.
»Majestät«, sagte er, »die Wut wird Euch nach dem Spiel packen.«
»Ich vergebe Euch im voraus«, rief Eochaid.
»Ich werde Euch lieben, wenn Ihr das schafft«, sagte der Fremde mit einer seltsamen, strengen Freundlichkeit.
Eochaid legte seine Hand auf eine der Figuren.
»Diese Hunde, von denen Ihr sprecht ...«, sagte er nachdenklich.
»Ja«, murmelte der Fremde und verfolgte aufmerksam den Zug.
»Ich könnte an ihnen am Ende des Spieles interessiert sein«, sagte Eochaid.
Der Fremde nahm seine Figur und zog.
»Es sind gute Hunde«, murmelte er.
Eochaid hatte den Finger ernst erhoben, und als der andere ihn streng ansah, ließ er ihn auf das Brett sinken.
»Sie würden gewiß gute Hunde sein«, stimmte er zu.
»Ja«, sagte er Fremde nachdenklich, und schob die Figur vorsichtig auf ihr neues Feld.
»Sie sind vielleicht zusammen mit Euren Pferden geschult worden ... mit meinen Pferden, meine ich.«
»Sie fressen zusammen, sie jagen zusammen, sie schlafen zusammen.«
»Ah«, sagte Eochaid, nachdem er die Konsequenzen des letzten Zuges bedacht hat, »diesmal spielt Ihr besser.« Und er nahm eine der Figuren seines Gegners.
»Ich glaube schon«, sagte der Fremde und machte wieder einen Zug. »Was diese Hunde angeht«, murmelte er, faßte eine Figur an und ließ sie wieder zögernd los. »Was diese

Hunde betrifft: so oder so werde ich einige Ihrer Majestät zum Geschenk machen.«

Eochaid blickte ihn zustimmend und freundlich an: »Ich werde mich Eures Geschenkes würdig erweisen, indem ich nur die Hälfte davon annehme und Euch die Hälfte Eurer Pferde zum Geschenk zurückgebe. Wie war Euer Zug diesmal? Ah ja, ich sehe.«

»Es wird dann zwei berühmte Hundezwinger in Irland geben«, sagte der Fremde.

»Wir werden einander immer gegenseitig überbieten«, rief Eochaid ausgelassen, »Pferderennen, Wagenrennen, Hunde . . .«

»Sie können auch rennen«, erklärte der Fremde.

»Oh«, sagte Eochaid.

»Was ist, Majestät?«

Das Gesicht des Fremden war kalt, seine Lippen ernst, sein Blick durchdringend. Und auch Eochaid starrte zu ihm hin, als seien sie zwei Gebirge aus Granit, die sich gegenüberstehen.

»Ihr könnt mich nicht wütend machen«, sagte Eochaid.

»Das könnte ich nicht.«

»Also macht Ihr mich zum Narren.«

Der Fremde sagte kein Wort.

»Es war ein Weibertrick«, entrüstete sich Eochaid.

»Ich mußte das Spiel gewinnen oder sterben«, sagte der Fremde.

Eochaid beugte sich über das Brett und sah, wie es geschehen war.

»Dort hat es begonnen«, murmelte er, »und auf so törichte Art ist es dahin gekommen.«

Er spürte den Ekel und das Erstaunen am ganzen Körper und hätte sich am liebsten in tiefe Verzweiflung fallen lassen. Aber dann blickte er auf den Herold und auf den Vorkämpfer und die Herren seines Hofes, die ihn umstanden, und die Bestürzung in diesen Gesichtern reizte ihn so, daß er in Gelächter ausbrach, von dem er sich nicht so schnell erholen konnte.

DREIUNDVIERZIGSTES KAPITEL

Er trat auf den Fremden zu, der aufgestanden war und ihm entgegenkam.
Mit seiner großen Hand schlug er auf die Schulter des Mannes. »Ihr habt gewonnen«, sagte er. »Es war das erste und das letzte Mal in Eurem Leben, daß Ihr einen König geschlagen habt. Was wollt Ihr nun als Einsatz?«
Der Fremde flüsterte ihm etwas ins Ohr. Der König starrte ihn an und sprang dann zurück, als sei er mit einem Schwert geritzt worden.
»Was?« begehrte er auf und dann fuhr er zornig flüsternd fort: »Wenn Ihr das wirklich gesagt habt, dann sagt es noch einmal.«
»Wollt Ihr diese Leute bitten, uns allein zu lassen?« fragte der Fremde.
»Sie werden bleiben!« rief Eochaid. »Nennt laut Eure Forderung!«
Seine empörten Augen drückten eine Aufforderung aus.
Der Fremde wendete sich ihm mit hoheitsvoller Miene zu und starrte ihn bedrohlich an. »Ich verlange die Frau des Königs, Etain, als Einsatz!« rief er.
Alle, die anwesend waren, fuhren von ihren Plätzen hoch. Die Hand des Königs fuhr an seine Seite, aber da war kein Schwert. Sein Vorkämpfer schwang die Schultern wie einer, der einen Schild bewegt, und seine rechte Hand griff dorthin, wo gewöhnlich die Axt saß. Aber da waren keine Axt

und kein Schild. Wie alle im Königreich waren sie ohne Waffen, wegen der Spiele. Bis zum nächsten Tag würde niemand Waffen tragen. Aber der Vorkämpfer wies dem König seine prankenhaften Hände vor.
»Laßt mich ihn damit töten«, bat er.
Doch der König antwortete nicht. Er versank in eine Trance aus Wut und Haß gegen den Mann, den er anblickte. Er bekam kaum Luft, und seine Augen konnten sich an dem Mann nicht sattsehen, auf den er zuging, angetrieben von seinen Augen und nicht von den Füßen.
Der Fremde blickte ihn nicht an. Er schaute auf den Vorkämpfer. »Bleib wo du bist!« sagte er so energisch, daß dieser hastig und fast mechanisch gehorchte. Der Fremde legte ihm die Hand auf die Schulter, und unter deren Druck sank der Vorkämpfer zu Boden, als sei ein Dach über ihm eingestürzt. Er kam wieder auf die Beine, schüttelte sich und sagte mit grauem Gesicht, stammelnd: »Mit einer Axt in meiner Hand ...«
»Mit einer Axt in der meinen«, sagte der Fremde, und sein grimmiges Lächeln reizte den Vorkämpfer und schüchterte ihn zugleich ein. Selbst der König wurde von dieser unzerstörbaren Kraft gebremst, von der einschüchternden Anmaßung dieses Mannes, doch unter großer Anstrengung riß er sich zusammen. Er schob alles fort und wurde wieder König, jemand, der Pläne macht.
»Sir«, sagte er, »wenn das ein wilder Spaß sein soll, dann ist es jetzt Zeit, ihm ein Ende zu machen.«
»Es ist kein Spaß.«
»Ihr verlangt also diesen Einsatz.«
»Ich verlange Eure Frau.«
»Ich bin bereit«, sagte der König, »Euch das zurückzugeben, was ich Euch abgewonnen habe: eure schönen Pferde.«
»Das nehme ich nicht an.«
»Ich trete Euch die Meisterschaft von Irland ab.«

»Die hab ich doch gewonnen. Damit bietet Ihr mir nichts.«
»Hochmütig mit einem König umzugehen und ein Narr zu sein, kommt auf das gleiche hinaus«, sagte Eochaid ernst.
»Ein König, der gut gewinnt und nicht gut verliert ...«, spottete der Fremde.
Aber Eochaid sah ihn kalt und mörderisch an.
»Wir werden unsere Schulden zahlen«, sagte er, »wenn Ihr Eure gezahlt habt.«
»Ha«, sagte der Fremde, »meine Pferde werden Euch morgen früh ausgeliefert werden.«
»Und Ihr werdet morgen den Einsatz bekommen, den Ihr Euch gewählt habt«, sagte Eochaid. »Ihr seid entlassen.«
Der Fremde verbeugte sich vor dem König.
»Gilt Eurer Majestät Versprechen noch, daß ich mir zwei Pferde für die Heimfahrt auswählen darf?«
Eochaid wandte sich dem Herold zu. »Sorge dafür, daß dieser Mann freien Zutritt zu unseren Stallungen hat.«

VIERUNDVIERZIGSTES KAPITEL

Aber«, sagte Etain, schwankend zwischen Tränen der Wut und Gelächter, »das kann doch nicht sein.«
»Gewiß nicht«, stimmte der König ihr aus ganzem Herzen zu.
»Ich möchte hoffen ...«
Und doch sagte der König brütend: »Ich sehe ganz und gar nicht, wie wir darum herum kommen.«
»Was?«
»Wenn dieser Mensch mich auf die Vereinbarung festnagelt.«
»Bin ich Königin oder bin ich keine Königin?« fragte Etain

wutvoll. »Ist es soweit gekommen, daß mich irgendjemand bei einer Wette verlieren oder gewinnen kann? Ha!«
»Bei meiner Schwerthand«, sagte der König, »das erfordert doch Treu und Glauben! Ich muß ihm seinen Spielgewinn geben. Aber wenn du dich weigerst, mit ihm zu gehen, darf er den Gewinn nicht mitnehmen.«
Und er donnerte ein »Ha!« gegen das Schicksal, den Zufall und die Not.
»Er ist überlistet«, sagte Eochaid. Dann erhob er sich, ging im Zimmer auf und ab und sah an sich mit einem Enthusiasmus herab, der jeden anderen Mann gelähmt hätte. »Ich werde ihm seinen Wettgewinn ausliefern«, sagte er fröhlich. Mag er sich der Meisterschaft rühmen. Ich werde ihn zu einem weiteren Spiel herausfordern und sie zurückgewinnen. Ich kann ihn leicht schlagen. Er soll ein Amt in meinem Hofstaat erhalten, und wir wollen in hundertfacher Weise zu ihm gut sein. Ich werde ihn belohnen, bis er mir wie ein Schoßhund folgt. Ich werde ihm schmeicheln, bis es ihn verlangt, für mich zu sterben. Ich bin der König! Ich kenne mich aus mit Männern!«
Er wirbelte um die verwandelte Königin herum. »Den Mann, der mich am Ende nicht doch mag, gibt es nicht.«
»Das ist wahr«, sagte Etain.
»Schau«, erklärte er, »ich setze mich so hin. Ich setze mich ihm gegenüber. Und was nötig wird, sei es nun Betrug, Wut oder Zuneigung, es wird spontan in mir aufsteigen.«
»Das stimmt«, sagte Etain.
»Es erweckt in mir herrliche Pracht, einen Glanz, dem man sich nicht entziehen kann.«
»Genauso ist es!« rief Etain. »Aber« – sie saß da und starrte ihn schweigend an.
»Was hast du, meine Taube?«
»Dieser Mann«, sagte Etain, »ist dir gegenübergetreten und hat sich herausgenommen ...«

»Nur sein Wunsch zu gewinnen, hat ihn durchhalten lassen.«
»Er war kühn genug, gemein genug, einen solchen Einatz zu fordern ...«
»Eine Übersteigerung nach dem unerwarteten Sieg.«
»Er war überlegen genug, um noch zu höhnen, als er ging. Er war stark genug, um den Vorkämpfer des Königs vor dessen Augen zu Boden zu werfen.«
»Er ...«, sagte Eochaid.
»Und all dies auch noch zu Lughnasad, während der Festzeit.«
»Wahrlich«, sagte Eochaid, »das will schon etwas heißen. Dies ist gewiß ein Mann, über den man genau nachdenken muß.«
»Ich beginne, mich vor ihm zu fürchten«, sagte sie.
»Ich habe meine Seele befragt«, sagte Eochaid, »und ich muß sagen, ich vermochte dort keine Furcht vor ihm zu entdecken. Wir sind Gesicht wie Gesicht, Stirn wie Stirn, Wille wie Wille. Aber ich kann mir nicht einen Augenblick lang vorstellen, daß er mir gleich oder überlegen ist. Er ist eine große und edle Persönlichkeit: zugegeben. Doch bei meiner Schwerthand! Ob nun mit List oder mit Kraft – er könnte mir nicht widerstehen.«
»Er wird morgen kommen«, flüsterte sie.
»Vielleicht auch nicht.«
»Er kommt gewiß.«
»Dann kommt er nicht mehr davon.«
»Willst du ihn töten?« stöhnte sie.
»Er hat den Großkönig beleidigt. Er wird sterben so sicher wie er kommt. Und wenn er nicht kommt, wird er trotzdem sterben.«
»Aber ...« seufzte sie und lief zu ihm hin.
»Wäre das ein leichtsinniger Mensch, wäre das eine unbedachtsame Wette gewesen, so hätte ich gelacht und ihm

vergeben. Aber du hast gerade bewiesen, daß er ein Mann, gewaltig und großartig ist. Er hat mich nicht zu einem Spiel herausgefordert, er hat mich zum Kampf um die Macht über Irland herausgefordert. Und Irland wird ihn töten.«
»Nein«, bat sie.
»Morgen«, sagte Eochaid, »wird er in den blutigen Staub getreten werden.«

FÜNFUNDVIERZIGSTES KAPITEL

Der Morgen kam, und man sah wieder Waffen in Irland. Tatsächlich sah man fast nur bewaffnete Männer, wenn man sich im königlichen Bezirk aufhielt. Befehle waren ergangen, und während der Nacht hatten umfangreiche Evakuierungen stattgefunden.
Vier große Straßen von Irland treffen in Tara zusammen. Und über sie und ihre Nebenstraßen bewegten sich schreiend, murmelnd, fluchend und brüllend die Gäste des Königs: die Wettkämpfer, die Rechtsanwälte, die Dichter, die Ärzte, die Schausteller, die Brotverkäufer, die Apfelhändler, die Malzmeister, die Pfeifer, die Fiedler, die Spaßmacher, die Balladensänger und die Akrobaten. Vor und hinter ihnen marschierte ein Trupp Soldaten, ordnete den Verkehr und hielt alles in Bewegung.

»Was für eine Arbeit!« rief ein erschöpfter Offizier, der so mit Schweiß bedeckt und Staub beschmutzt war, daß er sich wie eine Säule Dreck ausnahm. »Beweg deine verdammte Mähre!« brüllte er.
»Sie ist am Fohlen, Herr.«
»Dann trag sie fort, Dummkopf.«

»Mütterchen, wenn du dich nicht dazu entschließt, etwas rascher als eine Meile in der Woche zu laufen, werden wir dich mit der Mistgabel deinem Stier auf den Rücken pakken und euch mit Steinwürfen Beine machen.«
»Na, was denn, was denn?«
»Das Rad ist abgesprungen. Ein gutes, neues Rad.«
»Schiebt den Karren aus dem Graben. Fort mit dir! Steig auf dein Pferd, du Unglückswurm.«
»Schafe, Hennen! O Herr der Elemente! Hoffentlich muß ich nie mehr in meinem Leben Hühner hüten!«
»Aufgepaßt, du schiefmäuliger Nichtsnutz. Wenn noch einmal eines von deinen Schweinen rückwärts läuft, mache ich aus ihm Speck und aus den drei anderen Wurstfleisch!«
»Bienen? Gott bewahre mich! Müssen die so langsam sein?«
»Wenn es rascher geht, Herr, stürzen die Bienenkörbe um.«
»Deine Bienen können heimfliegen, oder? Du traniger Bienenmensch.«
»Sie können stechen, Herr.«
»Bis zum Jüngsten Gericht! Diese Nacht und die Hölle! Was ist da der Unterschied? Also, vorsichtig, Bienenmensch, laß deine Krieger in ihrer Festung.«
»Halt mir diese zehn Kühe vom Hals!«
»Schiebt mir dieses Wrack aus dem Dreck!«
»Steck doch deinem Fohlen eine Distel in den Schwanz! – Stich diese Sau ab!«
»Klaubt mir die Henne von meinem Helm!«
»Nimm die Ziege fort zwischen meinen Beinen!«
»Oh, hat nicht jemand für ihn etwas zu trinken?«

Schon früh am Morgen glich die Gegend zehn Meilen im Umkreis von Tara einer Wüste. Und in der Ferne, auf der Spitze eines jeden Baumes, glitzerte der bronzene Helm eines Soldaten in der Sonne, und seine Augen suchten eifrig den Horizont nach einer Staubwolke ab. Man hatte ihnen eingeschärft, sofort Alarm zu geben, sobald sie auftauchte. Reiter preschten mit Befehlen zu all den Vorposten, andere ritten eilig zu noch weiter entfernt liegenden Wachen in der großen Ebene, wo sie ihre schweißbedeckten Pferde für einen Augenblick zum Stehen brachten, um nach Neuigkeiten zu fragen und Gerüchte auszutauschen.

»Was hat das zu bedeuten? Was soll diese ganze Aufregung?« rief einer dieser in Leder gekleideten Reiter.

»Da fragst du mich vergebens«, sagte der Jäger, den er gefragt hatte. »Ich könnte dir hundert Antworten geben, aber nur der Teufel weiß, ob eine davon richtig ist. Eine Rinderseuche, ein Feuer, ein Heereszug aus Leinster, ein Überfall der Feen, die Familie der Königin, zweitausend und zehn mal siebzig schöne Mädchen, die kommen, um den König zu sehen.«

»Was immer es auch sein mag«, sagte der Reiter und riß sein Pferd herum, »ich werde gehäutet und gekocht, wenn ich auch nur eine halbe Minute zu spät auf meinem Posten bin.«

»Und ich«, sagte der Jäger und verschob seinen Gürtel, »werde gevierteilt und am Spieß gebraten, wenn ich auch nur halb so spät komme wie du. Alles Gute, Kamerad, und reit um dein Leben!«

SECHSUNDVIERZIGSTES KAPITEL

Ein junger Hauptmann, der zum ersten Mal Dienst tat, ging unter einem großen Baum auf und ab. Sieben seiner Männer waren im Gelände ausgeschwärmt, drei weitere saßen auf der Spitze des Baumes. Er hatte einen als Beobachtungsposten dort hinaufgeschickt; der Zweite hatte den Auftrag bekommen, den Ersten zu kontrollieren; denn dem Dritten war befohlen worden, darauf aufzupassen, daß keiner von den anderen beiden einschlafe.

Der Hauptmann zog sein Schwert, das er bisher noch nie benutzt hatte, nahm seinen Schild von der Schulter und übte Schattenfechten. »Hierher!« rief er seinen Männern zu. »Hierher. Heute steht uns blutige Arbeit bevor.«

Ein Veteran kam mit großen Schritten heran und grinste.

»Helft mir, mich warm zu machen!« rief der junge Offizier.

»Das könnt Ihr haben, Herr«, entgegnete der Veteran und versetzte dem Hauptmann einen Schlag auf den Schädel mit seinem Prügel, daß dieser mit der Nase in die Gänseblümchen tauchte und die Beine in die Luft streckte. Er kam wieder auf die Beine, ließ Schild und Schwert fallen und wollte mit bloßen Händen auf den Soldaten los, der um sein Leben rannte.

Der Veteran kam schließlich zögernd zurück: »Herr«, sagte er gewinnend.

»Was ist denn?« fragte der wildwütige Kerl.

»Was ist eigentlich unsere Aufgabe, Herr?«

»Eine Staubwolke kann sich in jeder Richtung zeigen. Eine Koppel Pferde, die den Staub aufwirbeln wird. Und der edle Herr, der unter ihnen reitet, soll so vorsichtig beobachtet und vor den König gebracht werden wie eine Henne ein Ei trägt.«

»Dann wird es also heute keine Gefechte geben«, sagte der Soldat verdrießlich.
»Wenn er eine Truppe bei sich hat, kämpfen wir. Wenn er allein ist, geben wir ihm nur das Geleit. Und sobald wir marschieren, schließen sich alle anderen Abteilungen ebenfalls der Eskorte an. So gelangt er unter Begleitung von fünftausend Mann zum Palast.«
»Bei den zehn Zungen meines Weibes!« rief der erstaunte Soldat.
»Dieser Gentleman wird einen großen Schwanz haben«, sagte ein Kamerad, der dabeistand.
»Und dann«, fuhr der junge Offizier fort, der sehr stolz war, daß er mit solchen Neuigkeiten aufwarten konnte, »wenn der edle Herr den Palast betritt, werden zwanzig Kompanien im Palast zusammengezogen sein, an jeder Tür, und hinter jeder dieser Abteilungen rund um die Palasttore, in Abständen von fünfzig Metern steht jeweils eine Schwadron unter Waffen, und hinter diesen allen steht wiederum eine Schwadron und so weiter, bis zu den eigentlichen Befestigungen und noch darüber hinaus. Überall sind Truppenteile unter Waffen postiert.«
Die Soldaten, die sich zusammengefunden hatten, sperrten die Mäuler auf und wunderten sich. Der eine sagte: »Ist es denn der Teufel, der da erwartet wird?«
»Und weshalb stehen wir alle eigentlich unter Waffen?« fragte der verwirrte Veteran.
»Wenn«, erwiderte der Hauptmann, »dieser Gentleman, nach dem wir Ausschau halten, aus dem Portal des Palastes tritt, wird er mit einem militärischen Salut der ganzen Armee empfangen, und wir begleiten ihn mit allen Ehren, wohin auch immer er zu gehen wünscht.«
»Das ist ja unerhört! Ist er ein König oder der Sohn eines Königs?«
Der Hauptmann hob den Finger und befahl Schweigen.

»Wenn dieser Gentleman in Begleitung einer Dame aus dem Palast herauskommt, und selbst wenn die Dame die Königin sein sollte, marschieren alle Truppen auf ihn zu und trampeln ihn zu Tode.«

»Wie?«

Der junge Hauptmann wurde im Gesicht weiß wie Schnee.

»Die Truppen werden dann keine Waffen verwenden. Sie werden ihn unter ihren Stiefeln zu Tode trampeln.«

Der Veteran befeuchtete seine Lippen, aus denen das Blut gewichen war. Er wandte sein graues Gesicht seinem Kameraden zu.

»Bei der Seele meiner Götter!« stammelte er. »Ich hoffe nur, dazu wird es nicht kommen.«

»Ich hoffe, der Gentleman wird überhaupt nicht kommen«, sagte der Hauptmann.

»Hallo, ihr da unten!« kam eine Stimme vom Baum herab.

»Hallo da oben!« rief der Hauptmann.

»Eine Staubwolke direkt vor uns!«

»Berichte wieder in zwei Minuten«, rief der Hauptmann. Er rückte mit der Hand an seinem Schwertgehänge und schob seinen Schild näher zu sich heran.

»Zu den Waffen!« rief er.

»Ihr da unten, hallo!« kam die Stimme.

»Hallo, ihr da oben!« rief der Hauptmann.

»Eine Koppel Pferde kommt direkt auf uns zu.«

Der Hauptmann legte eine schon geradezu peinliche Geschäftigkeit an den Tag.

»Du«, rief er und zeigte auf einen, »wirf dich sofort in den Sattel. Reite, so schnell du kannst, zum Palast. Sag jedem Posten, an dem du vorbeikommst, daß die Pferde entdeckt worden sind. Die Parole lautet: ›Masse am westlichen Vorposten‹. Richte diese Meldung im Palast aus, wechsle dort die Pferde und komm auf der Stelle hierher zurück.«

»Ihr beiden«, und er wies wieder auf zwei, einen zur Rechten und einen zur Linken, »gebt allen Truppen im Umkreis Bescheid, damit sie sich uns anschließen.«
Er stieg in den Sattel und ritt um seine Männer herum, um zu sehen, ob jedes Kleidungsstück richtig angelegt war, jeder Helm glänzte und jede Waffe in Ordnung war. »Wir reiten als Eskorte«, sagte er, und seine Zähne klapperten, während er sprach.

SIEBENUNDVIERZIGSTES KAPITEL

Im Palast herrschte eine gewaltige Aufregung und gleichzeitig lag über ihm ein Schweigen, das etwas Gewaltiges an sich hatte. Die Aufregung rührte von der Vielzahl jener her, die mit ihren Nachrichten eintrafen und mit Instruktionen wieder davonritten.

Das Schweigen ging vom König aus. Es ließ den Hofstaat, die Offiziere, die Wachen zu Stein erstarren. Seit Tagesanbruch saß er in der Ratskammer. Die Männer blickten auf einen König, wie sie ihn nie zuvor gesehen hatten. Aufrecht, schweigend und gefaßt saß er da, wie ein Untier aus Granit dasitzen könnte. Er öffnete seine steinernen Kinnladen nur, um eine Frage zu stellen oder einen Befehl zu geben.
»Majestät, wir sind zehn Meilen in jeder Richtung ausgeschwärmt.«
»Schwärmt zwanzig Meilen aus!«
Der Offizier kehrte wieder zurück.
»Die Straßen sind so weit hin nicht geräumt, Herr.«
»Dann schwärmt fünfzehn Meilen aus, und sobald die Straßen geräumt sind, rückt weiter vor.«

»Dies ist eine sehr weit auseinandergezogene Aufstellung der königlichen Streitkräfte.«
»Sorgt dafür, daß Läufer zwischen Abteilungen in der Lage sind, jederzeit zu melden, wo die Massierung stattfinden wird. Der Aufmarsch weiter draußen soll langsamer vonstatten gehen, damit die Pferde noch frisch sind und die Leute dann rascher werden zurückkommen können.«
»Wir setzen schon die Reserven ein, Majestät.«
»Nur zu!«
»Wir setzen schon die Palastwachen ein, Majestät.«
»Haltet fünfzig Mann zurück.«
»Wir haben keine Truppen mehr, die wir einsetzen können, Majestät.«
»Ihr müßt ja nun auch nicht mehr weiter vorrücken.«
»Nicht eine Fliege könnte sich unentdeckt Tara nähern, Majestät.«
»Schickt dringende Order über jede Speiche des großen Rades mit der Weisung, daß überall eine Gasse bleibt, die es den Boten ermöglicht, rasch durchzukommen.«
»Es ist alles bereit, Majestät.«
»Trompetensignal nur dort, wo der Bote zurückkommt. Sobald die Trompete erschallt, bietet ihr die nächstbeste Hundertschaft auf und laßt sie zur Halle der Zeremonien marschieren. Der Vorkämpfer des Königs hat den Befehl über sie ... Herold!«
»Majestät.«
»Ist alles in Ordnung, Herold?«
»Alles, Majestät.«
»Die Königin kennt die Zeremonie?«
»So ist es, Majestät.«
»Erkläre uns die Zeremonie.«
»Wenn dieser Gentleman vor den Festungswerken angekündigt wird, tritt die Königin mit ihren Damen ein. Der König und die Königin nehmen ihre Plätze ein. Ihre

Damen stehen hinter der Königin, seine Herren stehen hinter dem König. Dreißig bewaffnete Männer bilden einen Kreis um sie und den Fremden, sobald er eintritt. Siebzig Soldaten in voller Rüstung rücken von den Festungswerken an und bilden ein Spalier vom Kreis der Bewaffneten bis an die Tür. Dieser Gentleman wird durch das Spalier in den Kreis geführt.«

»So sei es.«

»Majestät!«

»Sprich!«

»Wie soll dieser Gentleman angekündigt werden?«

»Man wird ihn als den Schachmeister von Irland ankündigen.«

»Und wenn er Begleiter hat, Majestät?«

»Er wird höchstens einen Pferdeknecht bei sich haben. Ich kann es mir genau vorstellen, Herold. Er wird zwanzig Pferde und zehn Pferdeknechte bei sich haben. Jeder wird ein Pferd reiten und ein weiteres an der Leine mit sich führen. Dieser Mann wird an der Spitze reiten.«

»Majestät.«

»Sprich!«

»Was soll mit den Pferden geschehen?«

»Man soll sie in die Stallungen des Königs bringen. Die Pferdeknechte soll man heimschicken ... Herold: Erfahrene Männer sollen ihnen bis nach Hause folgen. Du kannst gehen. Schick mir den Vorkämpfer ... Herold!«

»Majestät.«

»Dieser Gentleman wird Hunde mitbringen, die als Geschenk für den König bestimmt sind. Dieses Geschenk wird nicht angenommen. Die Hunde werden mit den Pferdeknechten zurückgeschickt. Jetzt schick mir den Vorkämpfer herein.«

ACHTUNDVIERZIGSTES KAPITEL

Der Vorkämpfer kam in klirrender Rüstung.
»Majestät«, sagte er.
»Ihr wißt, wen wir erwarten, Vorkämpfer?«
»Den Schachspieler.«
»Ihr habt den Befehl über die Truppen, die ihn erwarten.«
Die Brust des Vorkämpfers hob sich und sein starres Gesicht nahm einen grimmigen Ausdruck an: »Der König zeichnet mich aus.«
Aber Eochaid sah ihn mit blitzenden Augen an ...
»Wenn dieser Mann entkommt, werdet Ihr ...«
»Es wäre mein Tod, Majestät.«
»Er hat Euch schlagen können, Vorkämpfer.«
»Das hat er gekonnt, aber er kann nicht mich und hundert Männer schlagen.«
»Ich glaube nicht, daß er das kann. Alles muß in rechter Ordnung vor sich gehen, Vorkämpfer. Der König wird keine Hand gegen diese Person erheben. Sie wird nicht unter dem Dach des Königs erschlagen werden.«
»Sie wird anderswo erschlagen werden, Herr.«
»Wenn er seiner Wette abschwört, geht er frei aus. Der Mann, der dann auch nur die Luft verletzt, die er zu atmen verlangt, muß sterben.«
Der Vorkämpfer lächelte.
»Ich knöpfe ihn mir ein andermal vor, Majestät. Ich habe noch eine private Angelegenheit mit ihm zu erledigen.«
»Er wird Euch töten, mein Freund.«
»Er hat mich gestern in der Gegenwart des Königs zu Boden geworfen. Seit dieser Schande lebe ich bereits einen Tag zu lange.«
»Vorkämpfer.«
»Majestät?«

»Glaubt Ihr, daß dieser Mann kommen wird?«
»So wahr wie es jeden Tag hell wird ...«
»Wird er seine Forderung zurücknehmen?«
»Das wird er nicht.«
»Ihr merkt, daß Ihr dem Tod nahe seid, Vorkämpfer! Ihr spürt, daß Ihr alles wißt!«
»Es gibt das, was wir denken, und das, was wir wissen. Letzteres ist wahr.«
»Trinkt mit mir, Vorkämpfer! Heda, einen Trunk für den König und den Vorkämpfer des Königs!«
Der Wein wurde gebracht.
»Trinkt diesen Becher, Vorkämpfer! Irgendwann werden wir wieder einmal zusammen trinken.«
»Trinkt Ihr nicht mit mir, Majestät?«
»Bis dies nicht vorbei ist, esse ich nicht und trinke ich nicht. Ihr werdet auch den zweiten Becher auf mein Wohl trinken, und ich werde den Rand küssen. Setzt euch zu mir.«

»Vorkämpfer.«
»Herr.«
»Was hält diesen Mann aufrecht?«
»Das Licht in seinem Kopf, Herr.«
»Und was ist es, was den König aufrecht erhält?«
»Dasselbe Licht.«

»Majestät.«
»Was ist?«
»Ich bin ein ganz klein wenig betrunken.«
»Dieser Schädel und zwei Becher Wein? Nein, Vorkämpfer, es ist das zweite Gesicht, das Euch verwirrt.«
»Darf ich dem König eine Frage stellen?«
»Fragt nur, mein Freund.«
»Ist der König vielleicht etwas in Sorge wegen des Schachspielers?«

Eochaid wandte seine breite Stirn dem Vorkämpfer zu: »Bei meiner Schwerthand! Auf mir lastet auch nicht ein Fliegengewicht von Furcht. Ich bin diesem Mann entgegengetreten wie Ihr nicht. Ich habe diesen Mann studiert wie Ihr nicht. Ich fühle in meiner Hand und in meinem Geist keinen Verlust an Macht. Euch hat er Angst gemacht.«
»So ist es, Majestät.«
»Ich habe mich nur über ihn gewundert.«
»Der König hat die ganze Armee aufbieten lassen, um ihn zu empfangen.«
»Ja und?«
Der Vorkämpfer lächelte entschuldigend: »Der Schachspieler hat mir Angst eingejagt. Über den König wundere ich mich.«
»Es ist allgemein so üblich«, sagte Eochaid.
»Einsatz der Reserven bis auf den letzten Mann! Mobilisierung der Palastwache . . .!«
Eochaids Mund stand halb offen, und er starrte auf den Vorkämpfer. Aber eigentlich starrte er auf sich selbst.
»Bei meiner Schwerthand . . .!«
Ein schwacher, klarer Laut drang von fern heran, und einen Augenblick später ein schärferer Ton. In zehn Sekunden hörte man eine Trompete von den Mauern herab.
Der Vorkämpfer verabschiedete sich nicht vom König. Er stand klirrend vom Tisch auf, ging aus dem Zimmer, begab sich auf seinen Posten.
Ein aufgeregter Bote kam zum König hereingestürzt.

NEUNUNDVIERZIGSTES KAPITEL

Der Fremde kam durch ein Spalier von Speeren. Der purpurne Umhang bauschte sich hinter ihm, darunter trug er eine Tunika, gewebt aus goldenen Fäden. Sein rauhes goldenes Haar wurde an den Seiten von zwei Muscheln aus blassem Gold eingefaßt, dazwischen spannte sich das Diadem eines Kleinkönigs über seine Stirn.

Er schritt in den großen Kreis, in dem Helme, Schilde und Schulterstücke leuchteten, und ein leises Lächeln der Verachtung spielte um seine Lippen. Er verbeugte sich vor dem Großkönig und ging vor der Königin voll in die Knie.

»Seid willkommen an meinem Hof«, sagte Eochaid.

»Bei meiner Seele, Majestät! Nie zuvor bin ich so prächtig empfangen worden. Meine Eskorte war fünfzehn Meilen lang.«

»Sie wäre noch länger gewesen, aber wir hatten Schwierigkeiten mit den Straßen. Man gewährt Euch Audienz. Sprecht!«

»Ich bin durch ein Land gekommen, das vor Waffen starrt. Man gewährt mir Audienz in einem bewaffneten Lager. Ich bin beleidigend behandelt worden.«

»Gestern, Schachmeister, als es gefährlich war, kamt Ihr bewaffnet vor den König. Heute kommt Ihr unbewaffnet, aber heute ist es weit gefährlicher.«

»Ich habe dem König die Pferde gebracht, die er als Einsatz gewonnen hat. Ich habe dem König vierzig große Hunde als Geschenk mitgebracht. Ich habe meinen Einsatz bezahlt und mein Geschenk übergeben, Majestät.«

»Das Geschenk wird nicht angenommen, Schachmeister.«

»Der Einsatz des Königs ist noch nicht bezahlt.«

»Sagt, was Ihr als Einsatz haben wollt?«

Der Fremde richtete sich auf: »Ich verlange ...«

»Einen Augenblick, Schachspieler. Der Großkönig ist freigebig. Er besitzt Land und Vermögen. Ihr müßt also Eure Forderung nicht niedrig bemessen. Entscheidet Euch klug, was Ihr als Einsatz verlangt.«
Der Fremde schaute den Großkönig fast sanft an: »Was ich erbitte, muß ich erbitten, Majestät.«
Eochaid schloß seine Augen: »Sagt, was Ihr als Einsatz haben wollt, Schachmeister!«
»Ich verlange, daß die Königin, Etain, die Frau des Königs, mir zur Gemahlin gegeben wird.«
Nicht ein Laut war in dem großen Raum zu hören. Nicht eine Rüstung klirrte, noch schrammte ein Speer auf dem Boden. Jedem der Anwesenden schien es, als habe für einen ewigen Augenblick sein Herz aufgehört zu schlagen, als befinde er sich in einem Zustand von Zeitlosigkeit, Regungslosigkeit und Traum. Eochaid öffnete die Augen und tauchte auf aus einer Welt der Trance. Fast mit Erstaunen stellte er fest, daß der Fremde noch da stand. Und er sah, daß dreihundert schweigende Augen sich von dem Mann abgewandt hatten und sich nun auf ihn richteten.

FÜNFZIGSTES KAPITEL

Kein Auge ruhte auf ihm in Mitleid. Die Situation war zu gespannt. Kein Auge sah ihn an mit Sympathie. Alles war zu sonderbar.
Man sah nicht auf ihn als den König; man betrachtete ihn nicht als menschliches Wesen. Man betrachtete ihn etwa mit der leidenschaftlichen Anteilnahme, wie man sie sonst nur für Ruhmestaten aufbringt. Er war der nächste Zug in einem Spiel oder in einer Schlacht. Um der Festigkeit seiner Seele willen wäre es

ihm recht gewesen, er hätte in diese unmenschliche Anonymität untertauchen können.
Tatsächlich war seine Seele wie in Fesseln geschlagen. Um auf die Füße zu kommen, mußte er sich mit beiden Händen auf die Lehnen seines Thrones stützen und sich dann hochziehen. Die Worte, die ihm über die Lippen kamen, klangen wie gebleicht und tonlos. Seine Augen waren so schüchtern geworden, daß er den Fremden nicht mehr anzuschauen wagte.
»Schachspieler«, sagte er, »hier ist Euer Einsatz. Nehmt ihn Euch!«
»Herr«, sagte der Fremde, »mein Einsatz muß mir bezahlt werden, muß mir gegeben werden, wie ich den meinen gebracht, übergeben und gezahlt habe.«
Dabei erfüllte ein Schmerz der Auflehnung Eochaids Körper mit Blut und Feuer ... Es gelang ihm nicht, seinen gefrorenen Geist wieder aufzutauen, er konnte sich nicht von diesen gierigen Blicken befreien, die er dem Fremden zuwarf und die völlig lautlos kehrtgemacht hatten und wie geschäftige unbeschreibliche Tiere oder mit Intelligenz versehene Blitze auf ihn zurückfielen.
Würden ihn diese Blicke verschlingen? Nagten sie nicht schon an seinen Muskeln und an seinem Blut? Nein, auf sein Fleisch hatten sie es nicht abgesehen. Sie waren sich streckende, dünnhalsige Vampire, die durch sein Bewußtsein schlichen, um die Quelle seines Stolzes leerzutrinken, um ihn um seine Männlichkeit zu bringen. Er war bereits dürr wie Zunder. Er war ein leeres Gehäuse. Die Liebe der Menschen hatte ihn verlassen. Die Liebe des Gottes hatte sich zurückgezogen. Es gab keine Verantwortung mehr.
Ein Schild klapperte auf dem Boden, und ein Wahnsinniger kam angestürzt. Er ging in die Knie vor dem König, plappernd, weinend küßte er die Hände des Königs wie ein Verrückter.

»Majestät ... Es ist mein Recht. Er hat mich beleidigt ... Ich werde vor Schande sterben. Es ist mein Recht ...«
Eochaid blickte auf diese Hände und auf das entstellte Gesicht, das ihn bewundernd ansah. Wie auf einen Schlag war er von allen Dämonen erlöst. Sein Herz sprach, obwohl seine Lippen nicht ...
Liebster in meinem Reich, sagte sein Herz. Kamerad, Freund und Bruder ...!
»Einzelkampf«, sagte der, der da kniete.
»Hier in Gegenwart von Irlands ...«
Die großen Hände des Königs hoben den Vorkämpfer auf.
»Ihr werdet nicht mehr kämpfen«, sagte er, »Ihr werdet immer meinem Thron nahe sein.«
Er betrachtet den Fremden und sagte: »Ich werde Euch meinen Einsatz zahlen und über Euch klagen, schrecklicher Mann.«

EINUNDFÜNFZIGSTES KAPITEL

Er ging auf die Königin zu und ergriff ihre Hand. Ihr Gesicht zitterte und machte ihm Angst, denn es war weiß wie Schnee, und die Augen, in die er sah, waren riesig – Teiche des Schrekkens. Er führte sie dem Fremden zu.
»Schachmeister«, sagte er, »hier ist der Einsatz.«
»Ihr zahlt mir diesen Einsatz?«
»Ich zahle ihn.«
»Ihr gebt mir die Königin, Ihr gebt mir Etain als Frau?«
»Ich gebe sie Euch.«
Sie schauten einander mit unaufhebbarem Haß an.
»Ich möchte mit meiner Frau allein sein«, sagte der Fremde.
Eochaid kehrte zu seinem Thron zurück.

»Ich wünsche, daß alle Leute diesen Raum hier verlassen«, sagte der Fremde.

»Das wird nicht geschehen«, sagte Eochaid. »Ich habe meinen Einsatz gezahlt. Ihr habt ihn entgegengenommen. Ihr müßt ihn nun fortschaffen ... wenn Ihr das könnt.«

Ein metallisches Flüstern lief durch den großen Raum, als sich die anwesenden Soldaten in ihren Rüstungen aufrichteten. Der Sinn jedes Mannes unter ihnen floh krank in die eigenen Stiefel, und der Blick eines jeden Mannes fiel schreckhaft auf die Stiefel des Nachbarn, und dann schauten sie wieder zu dem Fremden hin.

Er betrachtete die Königin. Er beugte sich zu ihr.

»Etain«, flüsterte er. Ihre Hand zuckte an ihre Stirn, wo sich Erinnerung wie ein Traum regte.

»Erinnerst du dich nicht mehr, Etain? Erinnerst du dich nicht mehr an deinen wahren Ehemann?«

Sie verkrampfte sich und rang die Hände. »Ich erinnere mich nicht, Herr.«

»Du wirst jetzt mit mir kommen.«

»Ich werde nicht mitgehen«, sagte Etain. Und während sie sprach, hob sie den Kopf, und wie ein wildes Tier, das die Ohren hebt und horcht mit allen Sinnen und allem Blut, so horchte sie.

»Hörst du«, sagte der Fremde.

»Die Glocken«, sagte Etain. »So zart und süß.«

»Sie trösten«, sagte er, »sie heilen.«

»Die Glocken haben aufgehört«, sagte Etain.

»... Himmelsschlüssel blühen dort, und man trägt Blüten im Haar. Schneeweiß sind die Arme der Mädchen dort. Stark sind die Männer, klug und gerecht in dem Wunderland. Willst du, kannst du immer noch zögern? Das Graue und die Düsternis sind vergangen. Die Welt ist vergangen. Wir sind auf dem Weg in das Wunderland ...«

Ihre Augen schlossen sich, ihr Körper schwankte nach

rechts und nach links. Sie wäre gefallen, aber ein starker Arm griff um ihre Taille, und dann lag ihr Kopf an Midirs Brust.

Als er sie berührte, stießen die Zuschauer so etwas wie ein harsches Seufzen aus, ein Geräusch von unterdrückter Wut und von Haß. Ein Mann stürzte auf ihn zu, und zwanzig andere folgten ihm brüllend. Aber während sie sich bewegten, hielten sie auch schon inne. Denn mit der Schnelligkeit von Licht erhoben sich Midir und Etain in die Luft, trieben durch das Dach und verschwanden.

Die Soldaten draußen wußten nichts von diesen Vorgängen, aber sie erzählten später, sie hätten Schwäne fliegen sehen: zwei schneeweiße Schwäne, verbunden mit einer silbernen Kette. Sie hätten im großen Bogen nach Westen abgedreht, nach Hy Bresil und dem Land der Feen.

DIES SIND DIE GESCHICHTEN VON NERA UND ETAIN
AUS HY BRESIL UND DEM LANDE DER FEEN!
SIE FÜHREN EIN IN DEN GROSSEN TAINE*

* Táin Bó Cúailgne: Das Epos vom legendären Rinderraub. Teil des umfangreicheren Saga-Zyklus von Ulster

LESEPROBE AUS »DEIRDRE«

Einst befand sich Conachúr mac Nessa auf einer Reise und mußte im Haus des Felimid mac Dal, seines Geschichtenerzählers, über Nacht bleiben. [...]

An diesem Abend war der junge König ernstlich bei schlechter Laune. Nicht nur wegen der Abwesenheit seiner Frau, sondern auch wegen anderer Vorkommnisse. In rascher Folge waren drei Kometen am Himmel über das Haus des Geschichtenerzählers hinweggezogen. Das Leitpferd am Streitwagen war in ein Kaninchenlochen getreten und hatte sich das Bein an der Fessel gebrochen. Einer seiner Diener war an Erbrechen erkrankt, und es sah so aus, als werde das nicht mehr aufhören, bis er sich auch noch seine Seele aus dem Leib gespien hatte. Conachúr rief nach Cathfa, seinem Vater. »Du bist ein Dichter und Zauberer und solltest in der Lage sein, die verschiedenen Omen zu deuten.«

»Das ist so schwer nicht«, sagte der Zauberer gelassen.

»So rede schon«, forderte der König ungeduldig.

Als er sprach, hörte man von irgendwoher im Gebäude einen plärrenden Laut. Die Männer horchten, sahen einander fragend an oder schmunzelten.

»Da hörst du's«, sagte der Dichter. »Gerade eben ist ein Kind geboren worden in diesem Haus. Ein Mädchen. Es wird Kummer bringen über Irland. Ulster wird es zerstören, gerade so wie ein Frettchen einen Kaninchenbau zerstört.« Cathfa wandte sich wieder seinem Schachspiel zu, und die anderen schauten betroffen drein.

»Das sind ja ungemein tröstliche Prophezeiungen«, sagte der König.

»Schluß damit. Töten wir das Kind«, schlug Bricriu vor.

»Dann sollen die Götter sehen, wie sie zurechtkommen.«

»Bricriu, meine Seele«, sagte der König, »gewöhnlich hast du Freude daran, Sturm zu säen, aber heute abend kommt von dir einmal ein vernünftiger Vorschlag. Bringt mir das Kind her.«

Sie schafften das kleine Mädchen herbei und legten es ihm über die Knie.

»So, so. Du willst also mein Königreich zerstören und Unheil über das mächtige Irland bringen?«

Das Baby streckte seine Patschhand aus und griff nach einem Finger des Königs. »Seht euch das an«, sagte er lachend, »sie stellt sich unter meinen Schutz.« Er bewegte seinen Finger hin und her, aber das Kind hielt sich daran fest.

»Ulster steht unter deinem Schutz«, knurrte Bricriu.

Der König, der es nicht mochte, wenn andere ihm einen guten Rat gaben, sah mißbilligend zu ihm hin. »Es ist nicht die Art der Krieger, noch ehrt es einen König, sich dem Schicksal entziehen zu wollen«, sagte er, der später als der weitblickende majestätische König bekannt wurde. »Deshalb wird alles, was geschehen soll, geschehen, und wir wollen alles, was da geboren wird, auch ertragen.«

Cathfa sah vom Schachbrett auf. »Vielleicht sollte man sie ›die Unheil bringt‹ nennen«, sagte er.

Und von diesem Tag an hieß das Mädchen Deirdre.

JAMES STEPHENS

Deirdre

Eine irische Saga von Liebe und Tod.
Übersetzt und mit einem biographischen Essay versehen
von Frederik Hetmann

Romane aus Irland

T. H. WHITE

Mr. White treibt auf der reißenden Liffey nach Dublin

Ein Überlebensroman. Übersetzt von Peter Naujack. 256 Seiten. Leinen

Eine moderne Sintflut-Geschichte, inszeniert von Mr. White, Mikey O'Callaghan, Mrs. O'Callaghan, einer kunstvoll gebastelten Arche, dem Erzengel Michael, der irischen Kirche, Armee und Marine. Der schlagende Beweis dafür, wie es sich überleben läßt.

MERVYN WALL

Furseys Rückkehr in das Irland der Frommen

Übersetzt von Isabella Nadolny. 256 Seiten. Leinen

Ein erzkomischer Schelmenroman in bester irischer Erzähltradition: Fursey der einstmals Frommste der Frommen, hat sich dem Bösen verschrieben. Er plant einen Überfall auf sein altes Kloster Clonmachnoise, schlägt sich mit Vampiren herum, erlernt die Zauberei. Zu guter Letzt will ihn die irische Kirche mit aller Macht heiligsprechen ...

JAMES STEHPENS

Unter Irlands Himmmel

Eine Kesselflickergeschichte. Übersetzt von Isabella Nadolny. 224 Seiten. Leinen

Wenn drei vagabundierende Kesselflicker in bester alter Tinker-Tradition mit einem Eselskarren durch die Lande ziehen, geschieht immerzu Unerwartetes. Was ihnen da zwischen Himmel und Erde passiert, mit außerplanetarischen Intelligenzen und höchst irdischen Verstrickungen, würde man keinem anderen abnehmen als dem genialen Erzähler James Stephens. Eine hinreißende irische Story, die – weiß der Himmel – einen ganzen Pub zu unterhalten imstande ist.

Eugen Diederichs Verlag